重复

Gjentagelsen

[丹麦] 索伦 · 克尔凯郭尔　著
王柏华　译

外语教学与研究出版社
北京

雅众文化 出品

野生的树，花儿香；栽培的树，果子香。

（见老弗拉维乌斯·菲洛斯特拉托斯的《英雄故事》）*

* 这句题词出自罗马帝国时期希腊作家老弗拉维乌斯·菲洛斯特拉托斯（Flavius Philostratus the Elder，170—约 245）的《英雄故事》，这里，“野生的树”与“栽培的树”可能暗示异教与基督教。原来的题词还有两句，在定稿中删除：“饮自己井里的活水”，出自《旧约·箴言》5:15；“圣灵所结的果子，就是仁爱”，出自《新约·加拉太书》5: 22。

目 录

译者前言 *

《重复》出版于 1843 年，这本小册子虽是克尔凯郭尔的一部假名作品，但在他的全部作品中却占有突出地位，因为它与其个人生活密切相关：他要借这部作品彻底解决与蕾琪娜·奥尔森（Regine Olsen）的痛苦关系，并为自己的生活树立起明确的奋斗目标——“重复”。

1841 年 10 月 11 日克尔凯郭尔解除了与蕾琪娜的婚约，据他 1843 年 5 月 17 日的日记，解除婚约的原因主要是他不想让蕾琪娜被往后的婚姻生活压垮，不想让她陷入他父亲的忧郁——“笼罩在我内心的永恒暗夜”。他说：

* 本文参考了《恐惧与颤栗》和《重复》英译本合集的前言，译者 Howard V. Hong & Edna H. Hong (Princeton University Press, 1983)。

假如我不是把她当作我未来的妻子，对她比对我本人更为尊重，假如我不是为她的荣誉而骄傲，甚于我本人的荣誉，我就会保持沉默，实现她与我的愿望——结婚，世上有太多的婚姻隐藏着一些小小的真相。

婚约解除两周之后，克尔凯郭尔离开哥本哈根，第一次造访柏林，在那儿写下了《非此即彼》的大部分，包括其中的《诱惑者日记》。他希望蕾琪娜在阅读该书时，觉得他本人是个骗子或是个绝望的审美家，以使她从关系破裂所引起的痛苦中解脱出来。该书出版于1843年2月20日。

1843年春天，有一段时间，蕾琪娜“每天早晨九点至十点”都遇见克尔凯郭尔。“此事不是我故意安排的。她知道我常走的那条街，我知道……”作者的日记在此处缺了一页。但可以想见，这些无言的短暂的偶然（?）碰面为即将到来的《重复》埋下了种子。

尤其是这一年4月16日的一次会面，日记中这样记载：

在复活节星期日圣母教堂的晚祷会上，她冲我点头。我不知道那点头中包含的是恳求还是谅解，不管怎样，它充满深情。当时我远远地坐在另一边，可她居然发现了。但愿上帝没有让她这样做。一年半以来我所承受的折磨和巨大痛苦，全都白费了。她不相信我是骗子，她信任我。如今，等在她前面的将是何等的磨难啊，而接下来会怎样？认为我是一个伪君子。我们攀爬得越高，就越是可怕。像我这样一个男人，以我的内在性和宗教性，竟能做出这等事！然而，我再也不能只为她一人而活着了，再也不能为了丧失自己的荣誉而任人蔑视，其实我已经名誉扫地了。我是否还要像个十足的疯子似的继续下去，最后沦为恶棍，只是为了让她相信此事，唉，那又有何用，她仍然会相信我从前不是这样的人。

克尔凯郭尔并没有成为疯子，而是把全部心力投入创作。这期间，他写下了最富诗意的两部作品《重复》和《恐惧与颤栗》。复活节事件之后三周，克尔凯郭尔重游柏林，《重复》中描写了康斯坦丁·康斯坦提乌斯的第二次柏林之行充满了厌倦与绝望，而克尔凯郭尔却诗情勃发，用他自己的话说是“思想像瀑布般冲击着我”。他在5月25日写给他的老朋友埃米尔·伯森（Emil Boesen）的信中说：“我已完成一部对我相当重要的作品（《重复》），眼下正勤奋地写作另一部（《恐惧与颤栗》)……"《重复》手稿上所署的日期和地点是"1843年5月于柏林"。为了参考自己的藏书以完成《恐惧与颤栗》，同时安排此书与《重复》的出版事宜，克尔凯郭尔于5月30日返回哥本哈根。显然,《重复》和《恐惧与颤栗》二书将成为《非此即彼》的续篇，而蕾琪娜是它们的隐含读者。

然而，最难以预料的事情发生了，假名作者背后的真实作者因此而得到解放：克尔凯郭尔于7月的某一天得知蕾琪娜已于6月跟她之前的老师约翰·弗雷德里克·施莱格尔（Johan Frederik Schlegel）订婚。于是,作者不得不对《重复》作一番大修订。他写了一个新的结尾以代替之前的版本，包括康斯坦丁·康斯坦提乌斯的附带评论的修改版，年轻人的最后一封来信，以及康斯坦提乌斯写给读者的总结信。这样一来，在手稿中以自杀来了断一切的年轻人没有自杀，而是成了诗人，并向信仰领域迈进；开篇所署的"1843年5月于柏林"被删除,总结信所署的日期也由"1843年7月"改为"1843年8月"；书的副标题多次变更，特别是出现了"心理学实验"这个比较醒目的词组。

"实验"（Experiment）一词借自英国作家培根的《新工具》(*Novum Organum*),克尔凯郭尔拥有安东·布吕克（Anton Brück）的德文译本。他以实验家自居，他也的确是一个充满诗情的大实验家。他制造或设计出各色各样富有想象力的假名作者，然后，他们又虚构出丰富多彩的人物、场景、情境和关系，以或喜剧或悲剧的各种方式去证实或证伪种种思想假说。《重复》开篇伊始就挑明它的任务——考虑“重复是否可能，它有何价值，有什么东西在重复之时获得或失去”。然而，“实验”一词招来了莫大的误解。1843 年 10 月 16 日出版的 525 册《重复》在之后的四年里仅售出 272 册，后来与八种别的书一起削价处理给了书商 C. A. 赖策尔，可这并没有减少流言蜚语的四处传布，人们指责他用培根的方式对一个女性做活体解剖，说他残忍至极。对此，著名理论家乔治 · 勃兰兑斯（George Brandes）在《克尔凯郭尔批评论集》中写道：

> 满城都在流传他对他的未婚妻如何不近情理，如何残忍之类的话，就算这些是事实，可我们不能忘记，他这么做是想方设法让姑娘讨厌他，把坏的一面表现给她，以便减轻她的痛苦。他们在他的举止中找不到这些特征的蛛丝马迹，便把它们归于恶劣的性格：天性冷酷，喜欢不动声色地玩弄人的心灵，只是为了所谓的“实验”。平庸的小市民越是搞不懂这个词的真实含义，就越觉得它可怕。

蕾琪娜本人知道克尔凯郭尔绝没有拿她的心灵做实验。她的朋友汉纳·莫瑞尔（Hanne Mourier）记下了他们之间的部分谈话，蕾琪娜后来读过并予以证实。汉纳这样写道：

> 你丈夫去世后，人们对你年轻时候的故事、你跟克尔凯郭尔的婚约的兴趣再一次升温，以各种直截了当的方式触及此事。起初，这兴趣让你感到应接不暇，且不愿发表意见，因为这么多年来你跟你的丈夫一直过着完全私人的幸福生活，几乎没有人敢用任何无礼的问题来打扰你。如今，你有义务谈谈只有你本人知情的事情：你和你丈夫对克尔凯郭尔有何看法……必须说出并确定无疑地坚持：克尔凯郭尔从未滥用过你的爱情。折磨你或拿你做心理实验是人们普遍的错误猜想。他跟你订婚是真心真意想跟你结婚，在后来的那些年里，你曾与许多跟你有联系的人谈过你们的关系，因为你真心希望人们能理解：克尔凯郭尔的生活跟他以宗教作者的身份所写的作品没有任何不同。

这就是《重复》一书的现实背景，但我们阅读此书时要警惕犯错误。这不是自传，是虚构作品，作品中描述的经验是人类普遍的经验或人类经验的可能性，而非作者本人的实际经验。克尔凯郭尔使用假名来写作，显然是为了加强间接交流的效果，而且是双重的间接交流。作者：克尔凯郭尔→假名作者：康斯坦丁·康斯坦提乌斯→故事中的主人公："我"和"年轻人"——作者的两个化身。作者使用假名不是为了制造神秘，而是为了建立审美的距离，以创造一片自由的精神领地，如果某件事在现实生活中发生了，他便有权利在精神王国里体验它的诸种可能性，包括反事实的可能性。

第一部中有很长的一个片段谈论笑剧，从表面上看像题外话，其实那是关于自由精神的一个寓言：普遍性范畴在此终结，而个体性范畴主宰一切，笑剧演员与观众都是"个体"。

> 尽管平时，甚至就在那一时刻到来之前，这些演员与他人无异，可一旦舞台经理的铃铛敲响，他们顿时变了样，像一匹匹纯种阿拉伯马，扑哧扑哧地喘着粗气，胀大的鼻孔呈露出恼怒的样子，因为他们想脱身，想狂野地跳跃。与其说他们是研究笑的沉思艺术家，不如说他们是投身于笑之深渊的抒情诗人，任火山般的力量把自己抛在舞

台上。由是，他们对马上要做的事并不了然于心，而是让一切听任于笑的瞬间，笑的自发力量。他们有冒险的勇气，敢于做个体独自一人时才胆敢做的事，神经错乱的人在众目睽睽之下敢于做的事，天才知道如何借天才的权威（某种笑）放胆做的事。*

观众也是如此：

有想象力的年轻人大概没有一个不在某一段时间为这座剧院神魂颠倒，渴望自己被卷入那虚构的现实之中，希望能像个幽灵一样看看自己、听听自己，让自己化身为各种可能的变形，而且希望变形之后无论如何还是自己。当然，这样的渴望只在青春时节表现出来。只有这种想象从个性之梦中苏醒，而别的一切仍在酣睡之中。在这类想象的自我幻象中，个体并非真实的人物，而是影子，或者更确切地说，真实的人物在而不可见，因此不满足于投下一个影子，个体有多种多样的

---

* 见本书第62页。

影子，它们全都跟他相像，在瞬间享有跟他本人同等的地位。*

克尔凯郭尔正是借《重复》为其隐秘的自我提供了表演的机会，使其自由的精神在此挣脱有限的束缚而转向信仰的领域。

克尔凯郭尔在《非此即彼》中精心构造了三阶段理论：审美阶段、伦理阶段和宗教阶段。本书出现的三个人物基本上可视为这三个阶段或三种境界的代表，康斯坦丁·康斯坦提乌斯追求审美层次的重复，年轻人遭遇伦理层次的重复，而约伯经历了宗教层次的重复。康斯坦丁在作品一开始就给自己摆出了“重复是否可能，它有何价值，有什么东西在重复之时获得或失去”等核心问题，为此他重游柏林，期望重新拥有上次柏林之行的愉快经历。他住同一寓所，去同一咖啡厅，到同一家剧院看戏，但是康斯坦丁发现，柏林已不再是从前的柏林，他说“因为我发现根本没有重复，我用尽了种种方式使这一发现重复，终于证实了这一点”。康斯坦丁的审美生活追求的是感性的瞬间快乐，从一个瞬间过渡到另一个瞬间，因而其个人存在缺乏连续性和统一性，他必然要

* 见本书第 53—54 页。

陷入绝望的深渊之中。

《重复》提供了一种解释：忧郁的年轻人是诗人的雏形，他心爱的姑娘是他的缪斯，他意识到自己无法承担婚约的伦理义务，于是答应实施康斯坦丁的计划，让姑娘相信他是一个骗子，以便解脱出来（这正是《诱惑者日记》的基本设想），可他却没有勇气实施这个方案，最终临阵脱逃。在激烈的自我冲突中他作了“非此即彼”的选择，并为此承担了抛弃情人所带来的种种后果：道德舆论的谴责，对情人的伤害，内心生出永恒的丧失感，等等。但是他认为即使全世界都起而反对他，他也是正确的，因为“我的爱无法以婚姻加以表达，如果我那么做，就会摧毁她……一旦此事成为现实，一切都失去，那就太迟了”。年轻人不能满足这桩婚约的伦理要求，简单地说就是尽不了丈夫之职。在他劳心费神的时候，姑娘突然结婚了，“此事来得真像一场雷电”，使他重归统一。“我又成了我自己，我又拥有了这个‘自己’”。但是，年轻人的轻松愉快是表面的，因为伦理领域的重复令他绝望，因为他既不能靠重复满足这个伦理要求，亦不能证明自己是伦理要求的例外。在绝望中他奔向信仰领域，渴求“永恒中的重复”，发现“永恒中的重复才是真正的重复”。在人智枯竭之处，在一切可能都不可能之处，真正的重复才可能发生。这就是信仰的悖论，因为在上帝那里，一切都是可能的。

年轻人似乎从约伯的故事中找到了答案，不过，尚未明确，这个问题将在随后的《恐惧与颤栗》一书中得以充分展开。在撰写《恐惧与颤栗》期间，克尔凯郭尔在日记中这样写道："如果我真有信仰，我就不会离开蕾琪娜。"

年轻人征引的约伯是《旧约·约伯记》中的人物，他是一个敬畏上帝、友爱众人的义人，却成了上帝和撒旦手中不幸的实验品，接二连三地受到残忍的打击，他却始终不放弃对上帝的信仰，同时又坚信自己是清白的，他坚持要让上帝出面来解决这一悖谬处境，最后上帝在电闪雷鸣中出现，不但证明约伯是义人，而且让他成倍地得到了失去的一切，对此，作者明确指出："这就叫作重复。"重复在信仰中出现，信仰在荒诞中发生。

《重复》发表后，有位海贝尔教授在一篇论述"天体在有秩序地重复运行"的论文中，以相当多的笔墨抨击克尔凯郭尔的这部作品，认为它把重复这个范畴不恰当地从自然现象领域外推到精神现象领域，因而是错误的，克尔凯郭尔对此作了长篇答复，但没有发表。他讥讽海贝尔教授只读了《重复》的前四十页，不明白康斯坦丁遭遇的重复纯系一种嘲讽，重复的真正含义不在于重复自身，而在于一个个体怎样对待重复，因而真正的重复只能自由地发生在精神领域。在这篇文章中克尔凯郭尔说：

宣布重复存在，一共两次，两次都是那年轻人宣布的，他是我讨论的主题。当他讲到约伯如何加倍得到曾失去的一切，他宣称这就叫作重复。第二次是在他本人得上帝之助、摆脱不幸爱情的烦忧之时，他宣称：那么，不存在重复吗？难道我未使从前的所有加倍吗？难道我没有重获我自己，并或许恰恰因此拥有了双倍的意义？在我那本小书里，只有后半部分陈述的重复才是可信的。

在克尔凯郭尔看来，个体免不了陷入有限精神的绝望之中，但可以凭借重复跃入永恒。不过，他在一则日记中强调：

重复是，并始终是，一个宗教范畴。康斯坦丁·康斯坦提乌斯因而无法再前进一步。虽然他机智聪明，是个反讽家，与“吸引人”作战*，但他始终没意识到他本人也深陷其中。

关于重复是否存在，他在另一则日记中写道：

---

* 此情节见本书第44—46页。

> 我的一位假名作者写了一本叫作《重复》的小书，他在书中否认重复存在，从深层意义上说，我对他的观点没有太大的异议，但我可能更愿意赞同相反的看法：不管怎么说，重复是存在的。是的，有重复存在是很幸运的……（1855年）

《重复》的第一部较长，中译本60多页，只有一个总标题“康斯坦丁·康斯坦提乌斯的观察报告”，大段连篇的排版让人望而生畏，为便于阅读，译者依内容大致划分为六个部分，以空隔一行为标志，各部分内容可分别概括为：

一、关于回忆与重复。

二、年轻人的爱情故事。

三、关于“吸引人”的讨论。

四、关于重复的再讨论。

五、康斯坦丁·康斯坦提乌斯的柏林之行。

六、结论：向生存之短暂发出呼语，并祈求死亡。

王柏华

2000年初版，2019年修订

再版译序

关于《重复》一书的创作背景，译者前言已有交代，这里不再赘述。值得补充的是，克尔凯郭尔虽然以存在主义哲学家著称于世，但他同时也是杰出的美学家和散文大师，阅读他的一系列假名作品，你会欣喜地发现，他还是诗人和小说家。《重复》是一本迷人的小册子，是一部充满激情和诗意的小说，也是一部充满奇思妙想的哲理散文。无论你对克尔凯郭尔的哲学是否曾有关注，也无论你对他的生平有多少了解，《重复》这部跨越文类的奇特之作，都会让你凝思出神，并在“重复”的探寻中追问存在的意义。

一部伟大的作品往往不是给你愉悦和抚慰，而是击碎你的常识，把你从安逸和自足中唤醒，推入不安和困惑。克尔凯郭尔的作品让我们思考：是什么把意义赋予了那本身并无意义的“此在”？在阅读《重复》之时，你会禁不住跟随机智的反讽家和忧郁的年轻人，对你所熟悉的“世界”和“现实”发出疑问，甚至反身自问“我是谁”：

> 人们总是用指头蘸一蘸土地，闻一闻自己身在何乡，我也用指头蘸一蘸世界，却闻不出任何气味。我在哪儿？所谓“世界”是指什么？这个词什么意思？是谁把我骗到这般境地，使我呆站在这儿？我是谁？我是怎么跑到这个世界上来的？为什么没有人先问问我，为什么没人把规则和章程告诉我，只是把我扔进人类的行列里，好像我是从人贩子手里买来的？这项叫作“现实”的大事业，我是怎么卷进来的？我为什么该卷进来？这是一桩可自行选择的事吗？如果我是被迫卷进来的，那么操纵者在哪儿？我对此有话要说。没有操纵者吗？我该向谁去抱怨呢？毕竟，生活是一场辩论，我可不可以要求我的发言被考虑一下？假如一个人不得不就此接受生活，那么，把事情的来龙去脉弄个明白不是再好不过吗？

《重复》中译本初版于2000年（百花文艺出版社，“世界散文名著”丛书），这是《重复》的第一个中译本，可惜译者不懂丹麦语，只好根据英译本转译（英译本信息见“译者前言”第1页脚注）。

利用再版之机，修订旧译，义不容辞，何况已时隔近二十年之久。重新翻开英译本对照阅读之后，我惭愧地发现，旧译中的错漏之处较多，修订工作，实属必要，且马虎不得。在修订过程中，我惊喜地发现，京不特先生的译本已出版（东方出版社，2011年），他的译本直接译自丹麦语，且提供了大量注释，这为本书的修订工作提供了不可多得的帮助。一方面，遇到难题和无把握的地方，可以对照英译本和京不特的译本，作出更为合理的推断；另一方面，可以根据不同译者的遣词和句子安排，尝试揣摩原文的大致风格及语气。这里，谨向京不特先生以及两位英译者 Howard V. Hong 和 Edna H. Hong 致以谢忱。

翻译是一项费力的劳作，且很难同时讨好作者和读者。翻译也是一项很容易出错的劳作，期盼专家和广大读者批评指正。

王柏华

2019年6月

重 复

——一个冒险的心理学实验

康斯坦丁·康斯坦提乌斯 著

哥本哈根
C. A. 赖策尔书店有售
比安可·卢诺斯出版社印制
1843 年

第一部

康斯坦丁·康斯坦提乌斯的观察报告

当时，爱利亚学派否认运动，大家知道，第欧根尼作为反对者站了起来。就字面意义而言，他确实是站了起来，因为他一句话没说，只是来来回回踱了一会儿步，他以此表明，他已充分地反驳了他们。[1]有那么一段时间，至少时不时地，我满脑子装着“重复”这个问题——重复是否可能，它有何价值，有什么东西在重复之时获得或失去——猛然

1 爱利亚学派的巴门尼德与芝诺认为运动与变化纯属幻觉，坚持它们必然导致悖论，于是，他们着手探讨不运动、不变化的存在，给古希腊哲学开辟了新的领域。第欧根尼的这段逸事可见于公元3世纪第欧根尼·拉尔修的《名哲言行录》，黑格尔的《哲学史讲演录》曾使用这段材料，克尔凯郭尔在这儿引其大意。黑格尔的原文如下：“人们都知道，犬儒派人西诺卜的第欧根尼对这种关于运动的矛盾的证明会如何用十分简单的方法去反驳；——他一语不发地站起来，走来走去——他用行为反驳了论证。”见黑格尔《哲学史讲演录（第一卷）》，贺麟、王太庆译，商务印书馆，1983年，282页。

间冒出一个念头：毕竟，你可以去柏林旅行呀；你从前在那儿待过，现在你可以亲自验证重复可不可能，它有何价值。事实上，我在家里一直被这个问题卡住。随你怎么说，重复会在现代哲学中扮演十分重要的角色，因为重复对于现代哲学来说是一个关键词，正如“回忆”对于古希腊人一样。他们教导说，全部知识都是回忆[1]，同样，现代哲学会教导说，整个生活都是一种重复。现代哲学家中唯有莱布尼茨暗示过这一点。[2]重复和回忆是同一种运动，只是方向相反：回忆是往后的重复，被回忆之物已然存在，而真正的重复是向前的回忆。因此，重复，如果可能，则使人快乐，而回忆则使人不快——当然，前提是他给自己时间去生活，而不是在出生时当即找到一个借口，如忘记了什么东西，以便从生活中再溜出去。

有位作者曾说，回忆之爱是唯一快乐之爱。[3]当然，他这么说完全正确，只要你记得，那起初是令人不快的。重复之爱才确是唯一快乐之爱。跟回忆之爱一样，它不像希望那样欲壑难填，也不像发现那样总是蠢蠢欲动，不得安

---

1 柏拉图在《曼诺篇》中阐述了这个思想。

2 莱布尼茨（1646—1716），德国哲学家，他在《神正论》中讨论过柏拉图的回忆说。

3 指作者的《非此即彼》第一卷中的虚构人物 A。

宁，然而它也没有回忆固有的那种悲哀，它拥有极乐的瞬间的确定性。希望是一件亮闪闪的新外套，上过浆，硬邦邦的，但没有被试穿过，人们不知道它会变成什么样儿，合不合身。回忆是一件被扔掉的外套，已经小了，无论多么漂亮，它不合身。重复是一件毁不了的外套，它恰好合身，既不紧绷也不松垮。希望是一位从指间滑落的动人少女；回忆是一位美丽的老妇，当下她绝不会令人满意；重复是一位心爱的妻子，从不会令人厌倦，因为一个人只会厌倦新的东西，不会对旧的东西心生厌倦，他拥有它，就感到快乐。唯有不会虚幻地认为重复应该是新东西的人，才拥有真正的快乐，如果重复是新东西，它就会慢慢地为人厌倦。希望需要青春活力，回忆需要青春活力，但是，向往重复需要勇气。只求希望的人怯懦，只求回忆的人淫逸，向往重复的人则是这样的人——他越是能强烈地意识到重复，他就越走向深刻。但是，没有领悟到生活即重复、重复即生活之美的人，已然宣布了自己的裁决，他不配有什么更好的结局，死亡必然降临于他。因为希望是冲你招手的果子，它不能让你满足；回忆是一丁点儿旅行费，它不能让你满足；但重复是每日的面包，使你满足，给你祝福。在生存了一圈之后，才能看出他是否有勇气去领悟生活即重复这一真谛，是否愿意到此中嬉戏。在开始生活以前没有生存过一圈的人，绝不会生活下去；生存过一圈却感到餍足的人，身心状况不佳；选择重复的人——他生存着。他不像一个男孩追逐蝴蝶似的跑来跑去，或踮着脚向往尘世的荣耀，因为他懂得它们。他也不像一个老妇人那样坐在那儿转动回忆的纺车，而是镇定自若，于重复中欣然自得。真的，没有重复，生活将会怎样呢？谁愿意成为一个笔记本，每一刻生活都在上面写下新东西，或者成为一本往日的备忘册？谁愿意面对每一件稍纵即逝的事物，面对每每无力更新灵魂的新奇事物而多愁善感？假如上帝自己不欲重复，这世界就不会存在。他或者追随肤浅的希望和计划，或者收回一切而置于回忆之中。但他没有这么做，因而这世界在继续，它继续，因为它由重复构成。重复——这是现实，是生存的严肃性。渴望重复的人就严肃性而言是成熟了。这是我的私下见解，它的意思不是指下述这种生活的严肃性：悠然地坐在沙发上磨牙，成为某个人物，比如议员；或者安详地走在大街上，成为某个人物，比如说尊敬的教士；或者比这多一点点，成为一名骑术教练。依我之见，诸如此类的事儿不过是笑话而已，甚至有时是相当糟糕的笑话。

回忆之爱是唯一快乐之爱，一位作者如是说，就我所知，这位作者偶尔有些不诚实。我不是说他嘴上一套，心里一套，而是指他把这个理论推向了极端，以致如果不用同等的能量把它抓住，转瞬间它就会呈现出别的样子。这个理论经他那样一推进，人们很容易被吸引去赞同它，以致忽略这理论本身表达着深切的忧郁，以致浓缩在一行字里的至深的沮丧几乎难以更好地表达出来。

大约一年前，我对一个年轻人有了深入的了解（之前，我们已保持经常的联系），他英俊的外表、深情的眼神，于我几乎是一种诱惑。他扬头的那种姿势、轻率的神态使我确信他有种更内在、更复杂的天性，而声调中的某种迟疑，表明他正处于那种令人着迷的年龄，正如在早些年，身体发育成熟时不时地显露在声音的断裂之中。通过咖啡馆中的几次偶然接触，我已成功地把他吸引到我身边，让他视我为知己，这位知己在种种谈话中巧妙地放出了他的诱饵——忧郁，因为我像法里内利一样，诱使精神错乱的国王走出他黑暗的隐蔽之处[1]，这是不用铗子就能做到的事，我的朋友还太年轻，非常有可塑性。那时，我们就是这种关系，大约一年前，正如我刚才所说，他朝我走来，几乎发疯一般。他精

1 歌剧《法里内利》中的一个情节，该剧由圣乔治与劳伦创作，J. L. 海贝尔译成丹麦语，从1837年开始在皇家剧院上演。法里内利（Farinelli，1705—1782），男童声高音歌手，1737年至1759年间生活在西班牙宫廷，唯有他能驱散腓力五世的忧郁情绪。克尔凯郭尔有时就用这个名字给他的朋友埃米尔·伯森写信。

力充沛、英俊无比，光亮的大眼睛扩张着，一句话，仿佛神明显容。他告诉我他在恋爱，我不由得替那如此被爱的姑娘庆幸。他坠入爱河已久，连我也瞒着，但他倾心的目标如今已伸手可及，他表白了自己的爱，而且得到了回应。按惯例，我喜欢以观察家的身份跟人们保持关系，对他却不能这样。陶醉于爱情的年轻人是那么美丽的事物，你一见便免不了心生喜悦而忘记了观察。人类一切深切的情感通常会消除人心中的观察倾向。只有感情贫乏、麻木不仁或通过卖弄风情隐匿情感的时候，人们才倾向观察。如果看见一个人全身心地投入祈祷之中，谁会不人道地去扮演一个观察家？有谁不是先为这个祈祷者流溢出的热忱所感染？但如果聆听一位教士不请自来地宣讲博学的教义呢？在一段矫揉造作、夸大其辞、装腔作势的讲话中他再三表白，他之所言是纯粹的信仰，绝非动人的漂亮言辞，而是经由祈祷呈现出来的，据他自己说——或许是个不错的理由——他曾徒劳地在诗歌、艺术与学问中寻找过它。可是，听众无动于衷，而是把眼睛凑到显微镜上，这时，听众不会吸纳他们听到的任何东西，而是放下百叶窗——批评家借以检验每个声音、每个字句的屏幕。我说的这个年轻人正深深地、狂热地、美丽地、谦卑地爱着。很长一段时间，没有什么事能像看着他那样给我带来如许的快乐，因为做观察家常让人苦恼，其忧郁感与当警察的忧郁感没有什么两样。一旦观察家工作出色，就难免被视作从事高级服务工作的秘密特工，观察家的艺术本就是揭穿隐蔽之物。年轻人谈起他爱恋的姑娘，与大多数恋人的颂词不一样，他不用连篇的辞藻，他不做乏味的评论。他没有摆出一副如此精明能干竟把这样一个姑娘弄到手的样子；他没有自鸣得意，他的爱健康、纯粹、坚实。他以迷人的坦率吐露说，他到我这儿来的原因是他需要一个知己，他可以在这人面前放声独白；还有一个最直接的理由是，他害怕整天跟姑娘待在一起，怕她厌烦。他去她家很多次了，但他强迫自己回来。然后，他请我跟他一道去骑马散心，消磨时间。我欣然同意，因为打这一刻起，我已算是他的知己密友了，他大概满有把握我会全心全意地为他服务。马车还有半个小时才来，我便利用这段时间写几封商务信函，请他在这时候装上烟斗或翻翻摊开的小册子，但他不需要这种忙碌，他足够忙碌了，他坐立不安，急速地踱来踱去。他的节奏、他的动作、他的姿势，全是明证，他周身散发着爱的光芒。恰如葡萄长至完美之时，通体晶莹透亮，果汁从微小的裂纹中渗出；恰如果子熟透，果皮就裂开了，爱在他的形体之中爆发，几乎历历在目。我禁不住不时向他偷偷地投去倾心的一瞥，这样的年轻人就像少女一样炫人眼目。

恋人们常常借助诗人的词句，好让爱的甜蜜忧伤从狂喜中喷出，他也一样。他一遍遍走来走去，一遍遍重复保罗·穆勒[1]的诗句：

于是，向我的安乐椅，
从我的青春走来一个梦。
一种深处的渴望因你而涌来，
你啊，女人之阳光。

他饱含泪水，扑倒在椅子上，一遍又一遍重复着，我被这景象震惊了。仁慈的上帝啊，我想，经历不薄的我还从未见过这等忧郁。他是忧郁的，我不会弄错，可是，爱竟能这般打动他！而且，即便是一种反常的精神状态，如果正常表现出来，也能这等和谐！人们总是大声嚷嚷，抑郁症患者应该恋爱，一次恋爱就能让他们的抑郁自动消散。如果他真的抑郁不安，那么，他的心灵怎能不患抑郁症似的被那对他来说最最重要的事情所吸引呢？

他深深地、狂热地爱着，一目了然，可是，仅仅几天，他就能回忆他的爱了，事实上，他已走完全程。刚刚开始，他就跨出这么惊人的一步，越过了整个一生。如果那姑娘明

1 保罗·穆勒（Poul Møller，1794—1838），丹麦哲学家，哥本哈根大学教授，克尔凯郭尔最喜爱的老师，《恐惧的概念》一书就是献给他的。

天死去，也不会造成什么本质的差别；他还会扑倒在椅子上，还会满眼泪水，还会重复这些诗句。多么奇异的辩证法！他渴求那姑娘，却不得不残暴地对待自己，免得整天泡在姑娘身边，而且，就在最初的一瞬间，就整个关系而言，他已成为一个老人。在这一切的深处，肯定藏有误解。很长时间以来，没有哪件事情如此强烈地让我震惊不已。显而易见，他会不幸的，同样显而易见，那姑娘也会不幸的，尽管其情境尚不能即刻预料得到。不过，说到谁有资格参与讨论回忆之爱，他肯定就是一个。回忆拥有极大的优势，它以丧失开始，所以它自然是安全的，因为它没有什么可丧失。

马车到了。我们沿海滨路驶去，以便回来时从密林区穿行。我既已违背己愿对他采取观察的态度，便忍不住使用种种方法，用海员的话说，将他的忧郁冲量载入航海日记。我为可能出现的色欲心境定好调子——没有发生。我考察环境变化造成的影响——白费心机。海洋那宽阔而无畏的自信，森林那悄然歇息的宁静，夜晚那诱人深入的孤独，都不能将他从忧郁的渴望中引领出来，在那渴望中，他不是接近而是远离了他的恋人。他的错误无法挽回，错就错在他站在终点而非起点之上。可是，这样的错误是致命的错误。[1]

不过，我坚持认为他的心境是真正的色欲心境，谁要是在恋爱之初没有这种体验，他就是从未爱过，不过，他得同时体验另一种心境，加剧的回忆是色欲之爱在开端的永恒呈现，是真正的色欲之爱的标记。另一方面，若要使用它，它得具有一种反讽的弹性。而他欠缺这一点。他的心灵太顺从它了。也许没错，在最初的一刹那，一个人的生命就已完结，但也必有更强盛的生命力起而消灭死亡，将死亡转化为生命。在色欲之爱的第一个黎明，现在与未来彼此争斗，寻找永恒的呈现，而这回忆其实是永恒向现在的回流——如果这回忆是健全的。

返家，道别，可我的同情心已被激起，非常强烈，我甚至挣脱不掉一个突发的念头：这一切很快会在一场可怕的爆发中结束。

后来的两个礼拜，我时不时在我的住处与他会面，他自己开始领悟其中的误会：这个他渴慕的女孩差不多成了他的烦恼。可这是他的恋人，是他爱过的唯一，也将是他今后唯一的爱。然而，他尚未爱她，因为他对她的感情仅仅是渴望之情。一个巨大的变化在他身上发生了：诗的创造力被唤醒，

1 在原稿中这个年轻人后来自杀了，而不是成为诗人。作者原来在此处埋下的伏笔在修改中没有被删除。

其规模简直令我难以置信。这下，对事情的全局我是了如指掌了：这年轻的姑娘不是他的恋人，她是唤醒他身上的诗性、使他成为诗人的契机。这就是他只爱她一个，从不忘怀她，绝不移爱他人，并且持续渴望她一人的原因。她被吸到他的整个存在之中，他对她的回忆总是生机勃勃。她对他是如此重要。她已使他成为诗人，也正因此宣判了她自己的死刑。

时间流逝，他越来越痛苦，越来越沮丧，精神的搏斗吞噬了肉体的力量。他意识到他使她不幸，可他当时并没有感到自己有任何罪责；恰恰是这一点，于无辜之中对她的不幸负有罪责，让他愤愤不平，让他情绪激昂。他相信向她坦白事情的原委会深深地伤害她。那就等于在说：她不再是完美的，他已渐渐疏远她，那供他攀爬的梯子他已不再需要。结果会怎样？她知道他不会再爱任何人，她将成为他悲伤的寡妇，仅仅活在他的回忆中，活在他们的关系中。为了她，他绝不能坦白，出于骄傲，他绝不会不为她考虑而这样做。沮丧使他越陷越深，他决定假装下去。现在，他全部的诗歌创造力都用在让她开心上了，本来可以献给许多人的作品他全部奉献给她一人；她以前是、如今还是他的所爱，是他崇拜的唯一，尽管这个弥天大谎使他焦虑不堪，几近疯狂，但这一切只是令她愈加着迷。在某种意义上，她存在与否实际上对他没有意义，她的生活因谎言而美妙迷人，他的忧伤便找到了一丝欣喜，仅此而已。不用说，她是快活的，她没有一点疑心，只是这食物令人胃口大开。他不想要更严格意义上的创造力，如果那样，他就得离开她；因此，如他所说，他把创造力保持在修修剪剪的层面，把一切都剪成花束献给她。她没有一丝怀疑，这我确实相信。是的，如果一个姑娘太自爱，竟看不到男人的沮丧，那确实令人吃惊。但这种事的确会发生，我曾经差一点就遭遇这种情况。一个年轻的女子被一个富有诗意、性情忧郁的人爱着，这世上还有什么比这更迷人呢？如果她足够自爱，能够欺骗自己，使自己相信能通过紧抓而非放手的方式忠诚地爱着他，那么，她的生活就再轻松不过了：一边享受荣耀与忠诚的美好感觉，一边享受那蒸馏得纯而又纯的色欲之爱。愿上帝保佑每一个人远离这样的忠诚吧！

一天，他走到我面前，阴郁的激情全然主宰了他。在一阵疯狂的爆发中，他向生活、他的爱情、他爱着的女子发出了诅咒。那以后，他就再也不来了。他大概无法宽恕自己竟然向他人坦白那女子对他是一种折磨，现在，一切都被他自己毁掉了，乃至维系她的骄傲、让她觉得自己是他的女神的那份快乐。我们相遇时，他总躲着我，假如不巧碰在一起，他也不与我搭言，还竭力装出一副快活自信的样子。我决定跟踪他，为此，我开始观察他的随从。对付一个沮丧的人，你的大部分收获经常来自他的随从，因为沮丧的人常常把更多的东西随意流露给仆人、女佣、家里某个不起眼的老侍从，而不是与他的教育背景、阶层相近的某个人。我曾经认识一个沮丧的人，他以跳舞为生，骗过了所有的人，也包括我，直到有一天我在一个理发师那儿偶然发现一个线索，实情才显露出来。这位理发师年岁不轻，以微薄的收入维持生计，总是亲自服侍他的顾客。理发师的困顿使舞者不由得倾吐了他的忧郁，因此，谁也不曾疑心的事儿就被这位理发师知道了。然而，我不必费力气去跟踪那个年轻人了，因为他又来与我接近，尽管他决定不再踏进我的房门。他提议我们约定时间到远离人迹的地方见面。我同意了，护城河的渔场因此卖出了两张门票。我们一大早在那里相会，在那个时刻，白昼与黑夜作战。虽已是仲夏时节，大自然仍掠过一阵寒战，我们在阴湿的晨雾和沾满露珠的草丛中相遇，鸟儿惊叫着飞起。在白昼征服黑夜，所有的生命欢笑着跃入生活的时刻；在那位心爱的女孩，他用痛苦娇养的女孩，因坐在床边的睡神站起身来，便从枕间抬起头，双眼睁开的时刻；在梦神将手指放到她眼睑上，她又很快地假寐的时刻；他把她从未怀疑过的事情告诉她，说得那样轻，等她醒来之时什么都记不得了——在那个时辰，我们分开了。无论梦神向她吐露了什么，她怎么也不会梦到我们之间说了些什么。难怪这个男人脸色苍白！难怪是我这个人成为他的知己，成为好几个他这样的人的知己！

时间继续流逝。跟那个日渐消瘦的年轻人在一起确实令我深受折磨，可我丝毫不后悔与他分享磨难。因为在他的爱中确实活动着观念。（人们偶尔还能在生活中见到这样的色欲之爱，赞美上帝！但在长长短短的小说中却寻而不得。）只有在这种情况中，色欲之爱才有意义，如果一个人不狂热地确信观念是爱的生命原则，必要之时，必须为之牺牲生活，是的，甚至牺牲色欲之爱本身，那么，这个人便与诗歌无缘，哪怕他的处境充满诗意。可是，一旦色欲之爱栖身在观念之中，那么，每个活动，甚至每一丝转瞬即逝的情绪，都无不意味深长，因为最重要的事情总是在场：诗的冲突，就我所知，可能会比我在这儿描述的东西更为可怕。但是，侍候观念——观念与色欲之爱相联系，不侍二主——实在是一种劳役，因为没有哪个漂亮女人会像观念一样苛刻，没有哪个姑娘的抵触会像观念的愤怒那么恼人，总之，忘掉它是不可能的。

如果我详细描述我试图理解的这个年轻人的心境，更别说一大堆不相关的逸闻趣事——起居室和着装打扮、可爱的地点、亲戚和朋友——这篇叙述就得变成一个没有止境的故事。可我不想这样。我喜欢吃生菜，可我只吃心儿，依我之见，叶子是给猪吃的。我赞同莱辛的意见，要怀孕的喜悦，不要生育的苦难。如果有人表示反对，请吧——我毫不在乎。

时间流逝。一有可能，我便守夜，他用疯狂的喊叫为整个白天获取力量，然后向那姑娘施魔咒。就像被缚在岩石上、肝脏被兀鹫啄食的普罗米修斯用预言降服诸神，他也降服他的恋人。每一天每件事都提升到一个更高的高度，因为每一天都是最后一天。但不会如此。他要咬噬缚他的镣铐，可是，他的激情越汹涌，他的歌声越狂喜，他的话语越温柔，他的镣铐就越紧。他想从这误解之中建立起真实的关系是不可能的；事实上，她会永久地被抛入欺骗的掌心中。向她澄清这种混乱的错误，告诉她，她不过是可见的形式，而他的思想、他的心灵寻求的是他归之于她身上的其他东西，这会深深地伤害她，以致他的自尊也会起而反抗。这是他最最瞧不起的办法。他这样想是对的。欺骗和诱惑一个姑娘固然可鄙，而用这种方法遗弃她更为可鄙，他这样做，不但不担恶棍之名，反而成就了辉煌的撤退：对她解释说，她不是他的理想，以这种解释哄骗她，然后再安慰她说，她是某人的缪斯。惯于对女性甜言蜜语的人，无疑能做到这一点。如果女子为形势所迫真的接受这种说法，此人便作为一个诚实的男子完好无损地脱身，甚至讨人喜爱，那么，她最终受到的伤害要比知道自己受骗的姑娘更深。因此，在所有已经开始却无从实现的爱中，狡猾老练是最伤人的，带着色欲的眼光而又不怯懦的人很容易看出：要想维护这姑娘的体面，他得老实笨拙才行。

为了结束这些痛苦，若有可能的话，我鼓励他抖擞精神去冒最大的风险。一切都有赖于找到一个共识点，所以我的建议是：破釜沉舟。使自己成为一个卑鄙之徒，只因诡计和欺骗而快乐。如果你能做到这一点，就能建立一种平衡状态，再不会有什么审美差异的问题，由此你也不再拥有高于她的权势，人们常常倾向于认为那种审美差异就是所谓的非凡的个性。这样她就会成为胜利者，她绝对正确，你绝对错误。但行事不要操之过急，因为那只会煽起她的爱火。要紧的是，如果可能的话，多少要让她感到不太愉快。不要揶揄她，那会刺激她。不，要反复无常，荒唐可笑；一天做一件事，另一天做另一件事，但不要带着激情，要做得完全不经意，当然也不能严重到疏忽大意的地步。因为，相反，表面的留意十分重要，但要注意让它缺乏任何实质性内容，让它徒具形式。取代一切爱的欢娱，显出某种使人发腻的似爱非爱，既不冷漠也不急切；让你的举止令人厌恶，就像看人流口水似的。但若是没有十足的把握，千万不要操之过急，否则大事休矣，再聪明的人也聪明不过一个姑娘——这里是指一个姑娘面对她自己被爱还是不被爱这个问题的时候——如果一个人被迫自己操作工具，而这又是一个通常只有时间才知道如何正确操作的工具，那么一旦操作起来，再想取消可就是难之又难的事了。等一切运转起来，只管来找我，余下的事由我处理。我要散布谣言，说你又在谈情说爱，而且还是颇没有诗意的那种事儿，如若不找别人，你只能一味怂恿她这么做。我非常清楚这样的事不会发生在你的身上，我们都确信她是你唯一的爱，尽管这纯粹的诗意的关系无法转化为真正的爱。一定得有点儿真实的东西充当谣言的根据，我会考虑的。我会物色一个本地姑娘，给她做些安排。

我实施这番计划不仅是出于对这个年轻人的关心，我不否认他的恋人渐渐让我感到有些不高兴了。她丝毫没察觉到什么，她不猜疑他的痛苦和那痛苦可能的原因，就算她察觉到了什么，她也什么都没做，没做任何努力用他所需要的又是她能给予他的东西——自由——去解救他，只有她给予他自由，才能确实解救他。此时，她因自己的宽宏而处于有利地位，不会受到伤害！我可以原谅一个姑娘所做的任何事，但如果在爱情中她弄错了爱的任务，我绝不会原谅她。一旦一个姑娘的爱不是牺牲的爱，她就不是一个女人而是一个男人了，我总会以让她遭到报复或嘲弄为乐。这样一个主题多适合喜剧作家啊！一个情人，以爱吮吸着她的情人的血，直至他在痛苦与绝望中将她放弃，一个情人，像艾尔维拉[1]一样登场，一颗明星，让她的亲友心生怜悯，悲叹不已，艾尔维拉，一个主角，从一群受骗者的行列中脱颖而出，艾尔维拉，以怎样的活力和生气谈论男人的不忠（一种耗去她生命的不忠），一位自信的艾尔维拉：如此镇定自若，绝无一秒钟想到，她的忠诚恰适合夺去她情人的生命。伟哉，女性之忠诚！若遭背弃，则尤甚，永远不可思议，莫测高深。如果她的情人尽管痛苦万状，却保持充分的幽默，不在她身上浪费任何愤怒的言辞，而是克制自己，采取更微妙的方式报复，用假象愚弄她，使她毫不怀疑他已经可耻地欺骗了她，这样的情形就尤为难得。如果她的情况就是这样，如果这年轻人能实施我的计划，我保证，报复会重重地打击她，而且仅以"诗的正义"[2]的形式。他既然决定倾其全力，这场欺骗便会严酷地惩罚她，如果她自爱的话。他以所有可能的色欲渴望来对待她，而他的手段对她来说却是最痛苦的，如果她自爱的话。

他很乐意并且完全赞成我的计划。我终于在一家时装店里找到了我久久寻觅的对象，一个迷人的姑娘，为了回报她对我计划的支持，我答应供养她。他得在公共场合跟

1 艾尔维拉（Elvira），莫扎特两幕歌剧《唐璜》（1787）中的女主人公，她被唐璜诱惑，后遭抛弃。

2 诗的正义，这是17世纪后期英国批评家托马斯·赖默臆造的术语，表示在一部作品的末尾，依据各个人物的善恶程度给予相应的现世奖惩。

她一起露面，时不时拜访她，自然，他们彼此心照不宣。敲定之后，我在一幢楼里给她搞到一套房，那幢楼有个通向两条街的走廊出口，他只需在深夜时分从楼里穿行而过，给女仆之类的人留下话柄，让闲言碎语流传起来。等一切就绪，我会让他的爱人知晓这一新的来往关系。女裁缝长得不难看，但话又说回来，她的模样儿不会使他的恋人起任何嫉妒之心，她可能大为惊奇，这样一个姑娘居然比她更合意。如果我曾以望远镜般的眼睛考察过他的恋人，这女裁缝或许该是另一个样子，但因为我在这方面毫无把握，而且我不想跟这年轻人耍花招，所以哪样最有益于他，我就选择哪样。

跟女裁缝定约一年，为了彻底愚弄他的恋人，关系必须维持这么长久。在此期间，如果可能的话，他也应该力争突破他的诗人式存在。如果成功，重建他的原初状态便可望实现。在此期间，这位年轻姑娘也有机会（这很重要）把自己从这种关系中解救出来；他对她彬彬有礼，但不向她许诺任何虚假的前景。如果重复的时刻到来，她感到厌倦了，那好，他依然会表现得彬彬有礼。

一切安排妥当。幕布的绳子就握在我手中，我对结果异常紧张。可是，他消失了。我再也没看见他。他没有勇气实施这项计划。他的心灵缺乏反讽的弹性。他太柔弱，无法立下反讽的沉默誓言，也信守不了。唯有沉默的人，才能有所成。唯有真正能爱的人，才是男人；唯有能以某种形式表达他的爱的人，才是艺术家。他没有开启行动，这或许是正确的。他承受不了冒险的恐惧，从一开始我就有些担心，因为他需要知己。知道该如何保持沉默的人，发现了一张字母表，其字母数量跟普通的字母表一样，不多不少；于是，他可以用自己的隐语来表达一切，在他的隐语中，没有过于深邃，以至于找不到笑声与之相配的叹息；没有过于强人所难，以至于找不到妙语将之实现的要求。会出现这样的时刻，他仿佛觉得自己失去了理智，这种经历确实可怕，却转瞬即逝。就像一个人从深夜十一点半到十二点之间发烧，一点钟工作时，精力异常充沛。如果他能从那一段疯狂中挺过来，胜利一定属于他。

可是，我坐在这里长篇大论，不过想表明，回忆之爱其实令人不幸。我的年轻朋友不理解重复，他不相信它，没有强烈地想要它。他的困境在于：他确实爱那姑娘，可是为了确确实实地爱她，他首先得摆脱他深陷其中的诗意纠葛。如果想结束跟女友的关系，他应当坦诚相告，这样做毕竟体面。但是，他不会这样做。我跟他完全一致，认为这并不光彩，与此同时，会消除她自主存在的可能性，避免自己成为她可能蔑视的对象，避免自己愈加焦虑：会不会再也无法挽救这已被弄糟的一切。

如果这年轻人相信重复，他身上将会产生什么样的伟业啊！他今生今世会成就什么样的心性啊！

但我走得太远，超出了我的预想。我的目的只是描述那最初显露的时刻，那时，年轻人成了普遍意义上的以回忆为唯一快乐之爱的悲伤骑士。如蒙读者允许，我将追溯他陶醉在回忆之中迈进我房间的时刻，当时，他的心始终流溢着保罗·穆勒的那首诗，他说他不得不克制自己，免得整日待在他爱慕的姑娘身边。那天晚上我们分手的时候，他口里反复吟唱那几行诗，那几行诗我一生都忘不了。真的，要我抹去对他的记忆，容易；要抹去对这一时刻的记忆，难乎其难，正如他消失不见的情形只让我烦恼，而那最初显露的情形却缠住我不放。我天性如此：在第一次预感的颤栗中，我的心便不由自主地遍历了继之而起的种种事，而它们要成为现实则需花费很长一段时间。预感的拢集是不能忘怀的，我以为一个观察家就应该是这样构成的，如果他真是这样构成的，他也注定要遭受极度的折磨。第一个瞬间就可能将他击倒，让他几乎昏厥过去，但随着他脸色变白，观念便渗入他，从那一刻开始，他以探究的态度与现实保持着亲密的关系。如果一个人缺乏这种阴柔品质，他就不可能与观念建立正当的关系，这种关系总是意味着渗透，那么，他就没有资格做一个观察家，因为不能发现整体的人必然什么也发现不了。

那天晚上我们分手的时候，他再次感谢我帮他消磨时间，时间在他那儿流得太慢，他很不耐烦，我当时暗自寻思：他会不会太坦诚，把一切都告诉那个年轻姑娘呢？她会不会因此更爱他呢？不知他是否这样做了！如果他征求我的意见，我可能会劝阻他。我可能会对他说，“首先要坚强，从纯粹色欲的角度看，这是最明智的，除非你的心灵极为认真，能把这想法提升到极高处”。如果他告诉她了，他的所作所为就太不明智了。

如果谁有机会观察年轻姑娘，偷听她们的谈话，肯定会听到这样的话：“A 先生是个好人，但他乏味，而 B 先生多么吸引人，多么令人兴奋。”每每听到这类话出自一位小姐之口，我总是觉得，一个年轻姑娘说这种话，岂不可悲吗？如果一个男子走入这种“吸引人”的迷途，除了一位姑娘还有谁能解救他呢？她不是也做了错事吗？这个男子可能拿不出“吸引人”的东西，那么，这要求就不太明智；若是能够，那么……这年轻姑娘就该小心点儿，切莫唤起这种“吸引人”的东西；就观念而言，这样做的姑娘终将失败，因为“吸引人”的东西绝不会重复；不这样做的姑娘自会成功。

六年前，我驱车走了五十千米，来到一个乡村，停在一家小店用午饭。一小时过得轻松愉快，享受了美味可口的饮食之后，我心情相当不错。我手持一杯咖啡站着，吸着咖啡的芳香，这时，一个美丽的年轻姑娘——她有一副欢快而可爱的模样——从窗口经过，折向小店的庭院，我想她要去花园吧。毕竟是年轻人——我一下喝掉咖啡，点上一支香烟，正在我要去追寻命运的暗示和姑娘的足迹时，有人敲响了我的房门，走进来的是——那位年轻姑娘。她优雅地行过屈膝礼，询问庭院里的马车是不是我的，我是否要去哥本哈根，能否允许她同行。她那谦逊而高贵的举止令我的兴趣与兴奋顿时烟消云散。然而，在花园里遇见一位姑娘远不如在我自己的马车里与她同行五十千米"吸引人"，只有我跟她，外加车夫和仆人，她完全在我的掌握之下。尽管如此，我确信即便是一个比我还莽撞的男人也不会觉得受了引诱。她把自己托付给我的那股信赖劲儿是最好的防卫，它胜过一切女性的机敏和狡猾。我们一同上路，即使她跟她兄弟或父亲同行也不会比这样更安全。我一路上沉默不语，只在偶尔她想说些什么的时候，我才讨好一下。

车夫得到指令，快马加鞭。每到一站，停留五分钟，我走下车，帽子拿在手里，问她是否喜欢呼吸一点儿新鲜空气；我的仆人手拿帽子站在后面。快到城里的时候，我让车夫把车驾到旁边的小路上，我便走出来，徒步三千米去哥本哈根，免得遇上什么人烦扰她。我从未询问她是谁，住在哪儿，什么原因促使她突然旅行；但是，她始终是我心底的一段愉快的回忆，我不允许自己以任何好奇心为理由——无论它多么清白——强行闯入这片回忆。一个渴求“吸引人”的东西的姑娘等于自设陷阱。一个不渴求“吸引人”的东西的姑娘相信重复。荣誉归于品性一向如此的姑娘，荣誉归于及时养成这品性的姑娘。

但我必须不断重复，我说这些都与重复有关。重复是一个有待发现的新范畴。如果你熟悉现代哲学，对古希腊哲学也略知一二，你会轻易地看出这个范畴准确地解释了爱利亚学派与赫拉克利特的对立，而重复本身一直被错误地当作所谓的“中介”（mediation）。黑格尔哲学中的“中介”，不知已制造了多少混乱，在这题目下不知有多少愚蠢的言辞享受了尊贵和荣耀，真难以置信。人应当努力通过“中介”思考，而后给古希腊人一点信任。古希腊人对存在与虚无理论的解释，对“瞬间”“非存在”等等的解释都胜过黑格尔。“中介”是一个外来词，“重复”是一个好的丹麦词，为了一个哲学字眼，我赞美丹麦语，我们这个时代没有对“中介”如何生成作出解释，它是否是两个因素运动的结果，在什么意义上说它已被包容在它们之中，或者它不是附加的新的东西，如果是，又是怎样加上去的。关于这一点，古希腊人所谓的“运动”“变化”与“转化”这一现代范畴是一致的，对此应密切注意。重复的辩证法并不深奥，因为被重复的东西已经存在，否则就不能被重复；但恰恰是已经存在这一事实使重复成为新的东西。古希腊人说一切知识都是回忆，他们是在断言存在的一切已经存在；有人说生活是重复，他是在断言已存在的现实正进入存在。一个人若缺少回忆或重复的范畴，他全部的生命就会化为一阵空洞的、无意义的噪音。回忆是乡土的生活观，重复是现代的生活观，重复是形而上学的兴趣所在，也正是基于此，形而上学遭到挫败；重复是通向每一种伦理观的暗语；重复是每一个教义问题的前提。

对我在这里谈的重复，让每个人自己作出判断吧，对我在这里谈论重复的方式，也让每个人自己作出判断吧，因为我以哈曼为榜样（用各种语言来表达自己，诡辩的、诙谐的，克里特岛人的和阿拉伯人的，白人的、摩尔人的和克里奥尔人的；又胡说八道什么批评、神话、画谜和公理；一会儿以人性的方式，一会儿以超凡的方式辩论[1]），假如我所说的并非纯属谎言，那么我让我的格言警句归顺于一个有体系的评价者也许不错。也许从中会产生点什么，该体系中的一条脚

---

1 原文括号前面有一段很长的德文引文，略去，其意思译在括号内。这是约翰·格奥尔格·哈曼（Johann Georg Hamann，1730—1788）在给林纳的一封信中的一段话，见《哈曼文集》第一卷，467页，罗特编，柏林，1821年版。

注——了不起的想法！那么，我就没有白活一回！

谈及重复对于事物的意义，一个人可以滔滔不绝而不为重复感到愧疚。一次，乌辛教授[1]在“五二八社”发表演说，演说中的一句话遭到众人反对，那么，他是怎么做的呢？这位当时一直立场坚定、态度果决的教授重重地敲着桌子说：“我重复。”他的意思是，他等着他所说的一切因重复而被获取。数年前我听一个牧师在两个节庆场合讲了一模一样的话。如果他跟教授的想法一样，第二次登上布道坛的时候，他会重重地敲着桌子说：我重复上个礼拜日我说的话。他没这么做，也没做任何暗示。他跟乌辛教授的想法不一样，谁知道，也许教授自己不再认为他的演说如再重复一遍会有什么益处。当女王在宫廷宴会上讲完一个故事，所有的朝廷官员，包括一个耳聋的大臣都笑了，后者又欠身站起，请求女王给予恩惠，允许他也讲一个故事，然后他讲了同一个故事。试问：他对重复的意义持何种看法？当一个中学教师说：我第二次重复，耶斯帕森要安静地坐着——这个耶斯帕森因重复捣乱而被记了一笔——那么，重复的意义恰好相反。

1 乌辛教授（Tage Algreen-Ussing，1797—1872），丹麦政治家和法学家，1840年被聘为哥本哈根大学法学教授。

我不想在诸如此类的例子上再耽搁下去了。我要说一下我为检验重复之可能性与意义而进行的考察之旅。没人知晓这事，我不想让任何闲言碎语妨碍我做实验，或令我厌倦重复。我乘汽船到施特拉尔松德[1]，然后坐上了去柏林的快速马车。博学家们对公共马车上哪个座位最舒服颇有争议，依我之见，它们统统令人难受，全部。上次我在车厢前部得了一个尾座（有人把这视为不小的福气），跟旁边的人一起颠簸了三十六个小时，到汉堡时，我几乎丧失了理智，丧失了双腿。在那三十六小时里，我们六个人好像被揉搓成了一个身体，我不由得想起愚人村的智者们[2]，他们在一起坐了很长一段时间之后，便认不出自己的腿了。我指望至少为变小了的身体保留一条腿，便与车厢前部的人交换了座位，可是，一切照旧。马车夫吹起号角。我闭上眼睛，陷入绝望，思虑着在这种场合下通常会有的想法：只有上帝知道你能不能挺下来，你是否真会到达柏林，到达后你还有没有人样，能否从只身孤影中解脱出来，或者会不会一直记着你是大身体上的一条腿。

这样，抵达柏林后，我即匆匆奔往我住过的寓所[3]，以验证重复是否可能。可以告慰所有有同情心的读者，上次我

1 施特拉尔松德（Stralsund），德国东北部港口城市。

2 源于丹麦的一个传说，后来泛指蠢人。

3 柏林耶格尔斯特拉斯街57号，第二层，克尔凯郭尔第一次柏林之行的住所。

在柏林设法入住了一套最舒适的寓所；这次更可以告慰这些读者——仅就我目前所见。御林广场当然是柏林最漂亮的，剧院与两座教堂也是第一流的，在月光下从窗户望去更是怡人。回忆此类事物是我出门旅行的一个重要动因。你在一幢点着煤气灯的房子里，沿楼梯来到二层，打开一扇小门，站在门厅里。左手边是一扇通向房间的玻璃门。正面是前厅。再往前是两间一模一样的房间，里面有一模一样的家具，它们看起来就像是彼此的镜像。里面的一间灯光考究。写字台上立着一盏枝形大烛台，桌前摆着一把外观优雅、罩着红色天鹅绒的扶手椅。外面的一间没有灯光，苍白的月光与里间传出的强光在这里糅在一起。坐在窗边的椅子上，望着窗外宽广的街区，只见过客的影子匆匆掠墙而去，一切都变幻成舞台的布景。一个梦幻的世界在心灵背景上闪动。你感到有种欲望，想披上斗篷，想带着探察的目光悄悄地溜到墙边，留意每一个动静。你没有这样做，只是看着一个重返青春的自己在这样做。吸过一支香烟，你返回里面的房间并着手工作。已是夜半时分。你熄灭烛台上的蜡烛，点燃一根小小的夜烛。不受搅扰的月光占了上风。孤单的影子更显幽暗，孤单的脚步过了好久才消失。清明的苍穹有着悲伤而忧郁的目光，似乎世界的末日已经降临，天堂不受干扰，安宁自在。你再一次走入过道，穿过门厅，进入那间小屋，然后，如果你是那种能安然入眠的幸运儿，就遁入梦乡。

但是这里，天哪，还是不可能有重复。我的房东，那位药剂师，er hatte sich verändert[1]，在讲德语的人看来，这句话意味深长，据我所知在哥本哈根的一些街道上，人们使用这句话来表达“他结婚了”。我想恭喜他，但由于我并非什么德语大师，在关键时刻不知如何即席发挥，手头又缺乏适合这类情况的惯用语，只好做个手势凑合一下：我将手放在心上，面带与之同喜的温柔表情望着他。他握了握我的手，表示相互理解。接着，他发表了一番表明婚姻的美学效果的言论。他的话奇迹般地成功了，正如上一次他证明单身汉的完美一样。说德语的时候，我是世界上最通融的人。

我的房东十分乐意为我服务，我也十分乐意与他同住，于是，我占用了一个房间，还有厅。头一个晚上，我点亮蜡烛便不禁想：天哪！天哪！这就是重复吗？我跟这一天完全不和谐，或者，你愿意的话，我跟这一天和谐得完美无缺，命运奇特地设计了这一天，使我在忏悔节抵达柏林。柏林拜倒在地。他们没有一边念叨着“Memento o homo！Quod cinis es et in cinerem revertaris[2]”，一边朝彼此的眼睛抛撒灰

1 德语，意为“他改变了他自己”。

2 拉丁语，意为“人啊，记住！你本是尘土，仍要归于尘土”。在天主教的圣灰星期三，神父一边向他自己与堂区教民抛撒灰尘，一边重复念叨这句拉丁语。

尘。但是，整个城市还是笼罩在一团尘雾之中。起初我以为是政府的手段，后来我确信这是风造成的一桩麻烦，它对人们不管不顾，一味放任自己的怪脾气或坏习惯——在柏林至少隔天就是圣灰星期三。但这跟我的计划几乎没什么关系，这一发现跟“重复”也没有关系，因为上次我在柏林没看到这种现象，或许是冬天的缘故吧。

当一个人把自己舒舒服服地安顿在一个住处时，当他有一个这样固定的窝儿可以冲出去，有一个安全的藏身处可以退回来，可以大口大口地独享他的战利品时——对此我尤为珍视，因为像某些食肉动物一样，被人盯着的时候，我就吃不下东西——他很快就会熟悉这城里的每一处名胜古迹。如果他是一个职业旅行家，喜欢到各地走走，嗅嗅每个人都嗅过的东西，或者将名胜古迹的名字记在日记里，而他自己的名字也进入伟大的旅行家自传,那么他就雇一个临时仆从，花四个硬币买下整个柏林。如此,他成为一位公正的观察家，他的发言的可信度堪与任何警方记录媲美。但是，如果他在旅途中没有什么特别的目的，他就让一切顺其自然，偶尔见他人之所未见，略去人人关注的事物，接收一些只于本人有意义的随意印象。一位这样不经意的闲逛者通常没有多少东西与他人交流，他这样做极冒险，会削弱良善的百姓对他的道德品性本可怀有的良好看法。如果一个人到国外旅行一段时间而从没乘过火车，难道他不会被一切高级圈子抛出去?!如果一个人身处伦敦，他怎么会从未穿行过隧道！[1]如果一个人来到罗马，他怎么会仅迷恋该城中一个给他无尽快乐的小小部分，而不观赏任何一处名胜就离开呢！

柏林有三大剧院。歌剧院上演的歌剧和芭蕾舞剧必定壮观无比；戏剧院上演的节目必定文雅，富于教益，而不仅仅为了娱乐。[2]我不知道。但我的确知道柏林有一座剧院叫柯尼希市民剧院。职业旅行家很少光顾这座剧院，但他们更少光顾那些惬意的、更偏远的娱乐场所——尽管它们也有存在的意义。在那些惬意的娱乐场所，丹麦人得以有机会重温他们对拉尔斯·马蒂森和克勒特[3]的记忆。当我在施特拉尔松德，从报纸上得知这家剧院即将上演《护身符》[4]时，我的心情顿时转入佳境。对它的记忆在我内心觉醒了。初次站在它面前的时候，仿佛第一印象在我内心激起的只有回忆，这回忆指向遥远的往昔。

有想象力的年轻人大概没有一个不在某一段时间为这座剧院神魂颠倒，渴望自己被卷入那虚构的现实之中，希望能

---

1 1843年5月25日，穿越泰晤士河的第一条隧道开通。

2 哥本哈根的皇家剧院舞台上方至今仍有一句题铭：“不仅仅为了娱乐”。

3 哥本哈根的两个著名的餐馆，拉尔斯·马蒂森更是文人与大学生常去之地。

4 《护身符》(*Der Talisman*)，三幕笑剧，作者是约翰·内斯特罗伊(Johann Nestroy)。

像个幽灵一样看看自己、听听自己，让自己化身为各种可能的变形，而且希望变形之后无论如何还是自己。当然，这样的渴望只在青春时节表现出来。只有这种想象从个性之梦中苏醒,而别的一切仍在酣睡之中。在这类想象的自我幻象中，个体并非真实的人物，而是影子，或者更确切地说，真实的人物在而不可见，因此不满足于投下一个影子，个体有多种多样的影子，它们全都跟他相像，在瞬间享有跟他本人同等的地位。到目前为止，性格尚未清晰，其能量仅在可能性的激情中有所预示，因为精神的生命跟许多植物的生命一样，主枝的芽总是最后冒出。但是,这影子存在也要求得到满足，如果它没有时间活过一遍，这对一个人绝不会有益处，可另一方面，如果个体错误地在影子里活了一生，则是可悲的或滑稽的。这样的个体自命为真正的人显得很不可信，正如那些在末日审判之际要求不朽的人一样，他们甚至不能亲自到场，而让善良的意图、二十四小时的决心和半小时的计划等代理者来代表自己。关键在于一切都适时发生。万事万物都有青春时光，一切有过时光的事物在以后的生命中会再次拥有时光。对一个成年人而言，让他落泪的往事固然珍贵，而存留一些可以嘲弄的往事也颇有益处。

在一个山区，在一个日出日落时，人们总能听到残酷的风一成不变地演奏同一个旋律的地方，你可能在刹那间出神，忘了眼前的缺欠，陶醉于这个人类自由之坚韧与确定的隐喻中。你也许不会深一步想想，许多年来一直寄居在这片山峦中的风，曾经在某个时候像一个陌生人一样来到这个地方，横冲直撞，愚蠢地穿入山谷，窜进山洞，呼啸出它自己听了都心惊肉跳的尖叫声，然后发出吓跑了自己的空洞的咆哮声，然后又是呻吟声，这声音从哪里来它自己也不知道，然后，一声深深的叹息从忧虑的深渊中传出，使它自己越发胆战心惊，刹那间甚至拿不准还敢不敢住在这里，然后奏起一段热情欢快的圆舞曲——直到后来，它渐渐熟悉了它的乐器，便把这些曲调全都糅入它日复一日始终不变地演奏的旋律中。同样，个体在自己的可能性中漫游，一会儿发现这个可能性，一会儿发现那个可能性。可是，个体的可能性不仅仅希望被听见，这不像风过耳那么简单，它们也要成形，希望同时被看见。每个个体因此都是有响动的影子。隐秘个体几乎不相信喧闹的强劲的感觉，就像不相信恶魔狡猾的低语；几乎不相信无以复加的狂喜，就像不相信悲伤发出的无尽叹息。这样的个体只想带着怜悯去看去听，但请注意，是去看去听他自己。可是，个体并非真想去倾听自己。那不会发生。就在这个时刻，公鸡啼叫，薄暮的身影逃遁，夜声沉寂。如果它们继续下去，我们就会身处全然不同的领域，那里，一切都在责任心令人不安的监视下发生，我们就会走向魔界。为了摆脱他真实的自我印象，隐秘自我需要一个像形影一样轻飘而倏忽的环境，就像一堆词语泛着浮沫，没有回声。

舞台正是这样的环境，因此它最适合隐秘自我的影子表演。在个体发现自我的诸多影子中，可能有一个强盗头子，这强盗头子的声音就是他的。他将在这反射的形象中认出自己。强盗生就一副阳刚之气，他快速地扫视着周遭，目光咄咄逼人，面部线条充满激情，应有的特征尽有。他必定埋伏在山口，他必定倾听旅行者的动静，他必定吹响口哨；强盗帮冲杀出来,他的声音必定淹没了打杀声；他必定颇为残忍，砍倒所有的人，然后无动于衷地走开；他必定对吓坏了的女士显出骑士的豪情，等等，等等。说到底，强盗生活在昏暗的森林里。如果有人将想象中的英雄安置在这样的地方，为他提供应有的装备，然后要求他保持安静，直到别人在他向狂烈的暴躁彻底屈服之前，远离到十几千米开外——那么我相信他绝对会缄默不语。他的经历也许类似几年前我认识的一个人，此人自信颇有文才，能为他效劳，我深感荣幸。他走到我跟前，抱怨他脑子里挤满了想法，挤得他什么也写不出来，因为笔追不上思想。他请我不辞劳烦做他的秘书，他口述，我记录。我即刻想到这必将是一场闹剧，就安慰他说，我写字快如跑马，因为每个词我只写一个字母，并且保证能读出我写下的任何东西。对帮助他人我总是乐此不疲。

我摆上一张大桌子，取出一些大纸，编上号码，免得翻纸浪费时间，再拿出一打装好的钢笔，蘸上墨水，然后，此人便开始了他的叙述：噢，好了，你看，先生，我真想说的是……他的叙述一结束，我便大声读给他听，从那以后，他再也不请我做他的秘书了。

那强盗可能觉得尺度过大，而在另一种意义上说又太小。不，给他绘上一张舞台背景，上面画一棵树，前方挂一盏灯，让灯光更加奇特，那么，这片森林会比实际的那片森林要大，比北美洲的原始森林还大，而他不用喊哑嗓子，声音就能穿透它。这是想象力强词夺理的癖好，要把整个世界就这样放在一个坚果壳里，这个坚果壳比整个世界还大，但对个体而言，又不至于过大而无法填充。

对戏剧表演和自我倾诉的偏爱丝毫不意味着对戏剧艺术的呼唤。假如上述偏爱意味着对戏剧艺术的呼唤，那么，天才自会彰显其感知细节的能力，但即使是最才华横溢的天才，也无法具备这种能力。这种偏爱不过是想象力不成熟的表现。可是，若以虚荣和炫耀的习性为基础，那就是另一回事了，因为那样的话，其根底不过是虚荣而已，而遗憾的是，那也可能是相当深厚的。

即使这个因素从个体生命中消失，等到后来心灵坚定地完善起来，它会在更成熟的阶段再次产生。是的，虽然到那时艺术对个体而言或许不够严肃，但他偶尔也会乐于重返最初状态，伤感地重新排演一番。如今，他渴望滑稽，希望自己与戏剧表演达成一种滑稽式的有成效的关系。因此，无论悲剧、喜剧还是轻喜剧，恰恰由于完美而无法取悦于他，于是，他转向笑剧。

同样的现象也在别的领域重复。我们间或看到更为成熟的个体厌腻了现实的丰硕食物，对手法精良的绘画也着实无动于衷，却能被一幅纽伦堡的印刷品打动，就是不久前出现在市场上的那种图片。你会看见一幅风景图，描绘一般意义上的乡村。这种抽象难以在艺术上加以实现，因此，整幅作品是通过对照，也就是偶然的凝结，来完成的。可我还是要询问别人，他们从这幅风景图中能否获得对某个乡村的总体印象，这类风景是否从童年时代起就伴随着他们。在童年的日子里，这类风景我们遇见过许许多多，如今它们把我们搞得头晕目眩，我们从纸片儿上剪出一个男人和一个女人，在更严格的意义上，亚当和夏娃也不如两个纸片儿人所代表的一般男人和女人。一位风景画艺术家，不论他通过忠实的再现还是理想的表现来营造效果，个体的反应也许都是冷淡的；而那种印刷品却能产生一种不可言喻的效果，因为，我们不知道该笑还是该哭，而整个效果又依赖观者的情绪。大概没有一个人没有经历过那样的阶段：笑得再多，感叹得再有激情似乎都不够，因为没有什么表达方式、什么姿态能够令人满足，因为什么也比不上猛地来几个最特别的跳跃和筋斗更令人满足。也许一个持上述看法的人去学习舞蹈，也许他经常去看芭蕾舞并羡慕芭蕾舞演员的精湛技艺，也许一段时间过后芭蕾舞已不再令他心动，但当他溜回自己的房间寻片刻之乐时，他可能发现，以别具一格的姿势单腿而立有种难以言喻的可笑的宽慰感；又或者他对世界满不在乎，用一个“安特雷沙”[1]，一切都解决了。

笑剧在柯尼希市民剧院上演，很自然，各色各样的观众都去那儿——是啊，如果你想在各种社会阶层和不同气质的人身上做笑的病理学研究，你就不应该忽视笑剧表演提供的良机。二层楼座和顶层楼座传出的欢呼与尖叫声，跟文雅挑剔的观众发出的喝彩声迥然不同；这是演出的伴奏，缺了这种伴奏，笑剧就进行不下去。一般说来，笑剧感染社会的底层，因此，顶层楼座和二层楼座的观众便立刻认出他们自己，他们的吵闹声、欢呼声不是对个体演员的美学意义上的颂扬，而纯粹是他们的幸福感受的狂烈爆发。他们一点儿也没意识到自己是观众，相反，他们渴望跑进戏剧场面所在的街道或任何地方。无奈，距离横在他们之间，

1　Entrechat，一种芭蕾舞动作，向上跳时双脚在空中多次交叉或相碰。

于是他们就像不被允许出门的可怜巴巴的孩子，只好站在窗口望着街上的喧闹。贵宾席和一层楼座的观众也感动得笑起来，但他们的笑声与辛布里人和条顿人[1]野蛮的喊叫实在不同；在这个群体中，笑的细微差别有无穷之多，当然，完全不同于你在优秀的喜剧演出中见到的笑。无论将其视为美德还是瑕疵，其间的差别依然如此。任何普通的审美范畴都会在笑剧这里搁浅，它不可能在更有教养的观众中引发一致的情绪，因为它的效果主要取决于观众的即时兴致。某个独特的个体以其特有的方式表现自己，他的快乐冲破一切审美的条条框框，不再以传统的方式去羡慕、去笑、去受感动等等。对一个有教养的人来说，看笑剧如同玩彩票，只不过他不惦记输赢。然而，这种不确定性并不适合普通的看戏者，所以他们对笑剧不屑一顾，或势利地鄙视它，甚至更糟。一个本分的戏剧观众一般都怀有些许真挚，希望在剧场里得到升华，受点儿教益，至少幻想如此。希望得到少有的艺术享受，至少幻想如此。希望读完海报就事先知晓那天晚上会发生什么。在笑剧中找不到这样的一致性，因为同一出笑剧产生的效果或许完全不同，甚至会有更奇怪的事：表演最好的一次，效果反而最差。因此，你不能依靠你的

1 辛布里人和条顿人均为古代日耳曼人的分支，在民族南迁的过程中与罗马人交战，以野蛮和勇猛著称。

邻居、街对面的某个人或报纸上的说法来确定你自己是否得到了享受。个体必须自己决定此事，而评论家们对有教养的观众观看笑剧的礼仪所做的种种规定都失去了效力：在这儿不可能有所谓得体的风度。另外，戏剧与观众之间颇为确定的相互关系也解散了。看笑剧能引发最最预料不到的情绪，因此，人们无法保证自己在剧场里像体面的社会上层人士，在恰当的场合笑或者哭。他们也不能像谨慎的旁观者一样，只喜欢一场戏剧表演中理应塑造的那个最出色的人物形象，因为一出笑剧里的所有人物都是按照“一般的”抽象标准塑造的。场景、动作、台词，一切都依照这个标准。因此，笑可以让你狂喜，也可以令你悲哀。

在笑剧中，不存在由讽刺引起的效果，一切都是天真的。因此，观者必须以个体的身份参与其中，独自率性而为。笑剧的天真是那么容易使人产生幻觉，有教养的人不可能天真地跟它建立关系。然而，乐趣在很大程度上取决于观者对笑剧的自我关联，这是观者自己必须冒险一试的东西，可他们却徒然地四处张望或在报纸上寻影觅踪，以期证明他们确实得到了享受。不过，笑剧也许对有教养的人有着十分特别的意义——如果某个人能不受拘束，敢于独自一人享受快乐，也表现得相当自信，自行判断他是否得到了享受，而不必去咨询别人。对他而言，笑剧也许有着十分特殊的意义，因为他本人的情绪会以种种不同的方式受到感染，有时是由于抽象的丰富化，有时是由于有血有肉的现实的突然插入。当然，他不会始终守着一种固定的情绪，不会让每种事物都促成一致的情绪效果。但是，他会使自己的心境达于极致，其中呈现的不是一种单一的情绪而是无限多的可能的情绪。

笑剧在柯尼希市民剧院上演，依我之见，那简直好极了。当然，这个观点完全是我个人的，我不把它强加给任何人，也不赞同强加于人。笑剧表演要想完全成功需要特殊的演员阵容。其中必须包括两个，至多三个，天赋出众的演员，或更确切地说是有创造力的天才。他们必须是反复无常的孩子，醉心于笑，他们是异想天开的舞蹈家，尽管平时，甚至就在那一时刻到来之前，这些演员与他人无异，可一旦舞台经理的铃铛敲响，他们顿时变了样，像一匹匹纯种阿拉伯马，扑哧扑哧地喘着粗气，胀大的鼻孔呈露出恼怒的样子，因为他们想脱身，想狂野地跳跃。与其说他们是研究笑的沉思艺术家，不如说他们是投身于笑之深渊的抒情诗人，任火山般的力量把自己抛在舞台上。由是，他们对马上要做的事并不了然于心，而是让一切听任于笑的瞬间，笑的自发力量。他们有冒险的勇气，敢于做个体独自一人时才胆敢做的事，神经错乱的人在众目睽睽之下敢于做的事，天才知道如何借天才的权威（某种笑）放胆做的事。

他们知道自己的欢乐没有止境，他们的滑稽资源取之不竭，实际上他们自己也时刻惊讶不已，他们知道自己有能力让笑声整晚不断，而不必费太多心思，其轻松劲儿胜过我此刻在纸上的胡诌八扯。

一场笑剧里有两个这样的天才就够了。若使用得当，最多不过三个，不然，反而削弱效果，就像人，过于强壮反倒失了性命。其他演员不必是天才，如果是天才，反倒不是好事。招募其他演员也不必看是否漂亮，相反，他们只要随意地聚在一起就行，就像霍多维茨基[1]的一幅素描所表现的，几个人偶然结伙，建成了罗马。不必排除任何人，即使他有身体缺陷，相反，这种偶然性会产生绝妙的效果，无论他是O形腿还是X形腿，也无论他是成长过快还是发育不良，一句话，有这样或那样的缺陷，完全不妨碍把他用在笑剧里，相反，其效果将难以估量。也就是说，偶然的是最接近理想的。有位风趣的人说：人类可划分为官员、女招待和烟囱清扫工。在我看来，这句话不但机智风趣，而且深刻，要想作出更好的分类得有极高的天赋。如果一种分类不能理想地穷尽其对象，那么从各方面说，偶然的分类则是更为可取的，因为它启发人的想象力。一种多少真实的分类不能让理解力

1 霍多维茨基（Daniel Chodowiecki，1726—1801），德国画家与雕刻家。

得到满足，它对想象力无一丝帮助，因此应遭到彻底拒斥，尽管在日常使用中它享有极高荣誉，因为人们不但愚蠢至极，而且想象力又惊人地贫乏。如果剧中要表现某个人物，不需要别的，只需刻画一个具体的创造物，或者以完全理想的方式，或者以完全偶然的方式。如果一出戏剧的目的不限于提供娱乐，它就应该追求前者。可是，只要演员长得英俊，令人愉悦，舞台形象和嗓音很不错，人们就心满意足了。但我不会这么轻易就满足，恰是表演本身唤醒了我的批评意识，批评意识一旦被唤醒，我就很难确定人何以为人，以及如何满足一个人的需要。人们肯定会同意我的观点，如果他们停下来想一想，苏格拉底，那位通晓人性知识与自我知识的人，尚且“不能肯定他是人还是比堤丰[1]更善变的动物”。然而在笑剧中，小人物以其抽象的“一般”发挥作用，通过一种偶然的结合来实现。从这个意义上说，人的脚步从未超出现实一步，其实也不该超出现实。但是，这种偶然的结合物要求观众把它当作理想的来观看，而观众竟也可笑地妥协了、接受了。它是在舞台这个虚拟世界中达成这一点的。如果要在小人物中找出个例外，那一定只有情人这个角色了。她当然不必是什么艺术家，但挑选她时，一定要保证她妩媚

1 堤丰（Typhon），古希腊神话中的百头巨怪。

动人，保证她在舞台上的举手投足亲切可人，看上去那么令人愉快，可以说，讨人喜欢。

对柯尼希市民剧院的演员阵容我相当满意。有异议也只是针对小人物而发，对贝克曼和格鲁贝克[1]我一句微词也没有。贝克曼无疑是位喜剧天才，他的表演无拘无束，自由嬉戏。他独放异彩，不是因为人物的塑造，而是因为奔放的热情。他不是以其可度量的艺术性而伟大，而是以其不可度量的个性而受赞美。他不需要舞台布景、演技与相互作用的支持，恰恰因为他热情奔放，他自己就带动了一切。在他表现得极为滑稽的同时，他是个布景画师，也描绘着他自己的布景。巴格森对萨拉·尼科尔斯的描述——她冲上舞台，随身拖着一个乡村场景——从肯定的意义上说，也完全适用于贝克曼，只不过他是走上来的。在一场严格意义上的艺术戏剧中，人们极少看见演员真的行走或站立。事实上我只见过一个，那就是贝克曼，除他以外，我尚未见过有这种能力的人。他不仅能走，还能走上来。走上来是一件非常独特的事情，通过这一天赋他也就即席创造出了整个舞台布景。他不但能塑造一个走来走去的工匠，他还能走上来，

1 贝克曼（Beckmann，1803—1866），德国著名的喜剧演员，在1824年后的很多年里，他都是柯尼希市民剧院的台柱。格鲁贝克（Grobecker，1815—1883），也是德国著名的喜剧演员，他自1840年起在柯尼希市民剧院演出。

那样子好像什么都经历过，在尘土飞扬的公路上眺望明媚的小村庄，倾听它轻轻的嘈杂声，在铁匠铺那儿拐弯的时候，看见小径沿着乡村池塘延伸下去——这时，就看见贝克曼肩上挎着小包裹在那儿走着，手持拐杖，无忧无虑，不惊不惧。他可以走上舞台，身后跟着几个你看不见的街头小淘气。这种效果即使瑞奇医生[1]在《所罗门王与帽工约恩》中也演不出来。是啊，贝先生[2]之于一场戏简直太划算了，只要他在场，既用不着街头小淘气，也用不着舞台布景。但是，这个艺人的表演不是人物刻画，他的风格是过于随意的，他的表演是那种精美绝伦的大轮廓。他隐姓埋名，里面寄居着喜剧的狂魔，他全然放弃，却得以拯救自己并带走一切。就此而言，贝克曼的舞蹈无与伦比。他唱完了对句，舞蹈开始了。他冒着折断脖子的风险，他大概不相信所谓的舞蹈程式能创造出什么效果。他已进入完全身不由己的状态。他的笑是纯粹的癫狂，无论形体还是台词都已无法拘束它；那奔放的情绪，唯有一种方法可以宣泄，就像闵希豪生[3]那

---

1 瑞奇（Dr. Ryge，1780—1842），一位医生，又是演员，在 J. L. 海贝尔的轻喜剧《所罗门王与帽工约恩》中扮演主角。

2 即贝克曼。

3 闵希豪生（Münchhausen），生活在 18 世纪德国的一位男爵军官，以编造荒诞不经的笑话而闻名。据称，有一次，闵希豪生骑马陷入沼泽，他抓住自己的头发把自己和马匹拉了出来，参见克尔凯郭尔《恐惧与颤栗》。

样，抓住后脖颈，把自己拉起来，撒欢儿地狂跳。如前所述，个体在做这一类动作时能体验到一种轻松，而在舞台上这样做，则非得天赋十足才行。如果少了那天才的权威性，一定令人大倒胃口。

每一个滑稽的喜剧演员都应该具备特殊嗓音，当他在舞台侧翼尚未出场之时，他的嗓音就必须能被观众辨别出来，这样，他才能为自己做好铺垫。贝克曼有出色的嗓音，当然，这跟有个好声带不完全一样。格鲁贝克的嗓音有些刺耳，但是，他发自舞台侧翼的只言片语不亚于巴肯游乐场[1]里三只喇叭吹奏出的效果，这使荒谬可笑之物更易于接受。从这方面讲，他优于贝克曼。贝克曼的特质在于他有某种奔放的、快活的判断力，他由此达至一种癫狂状态。而格鲁贝克有时通过感伤和做作达至癫狂。我记得曾见过他在一出笑剧里扮演一个庄园监工，对主人夫妇忠心耿耿，相信节庆安排很重要，能装点他们的贵族生活，于是一门心思准备，以恭候节庆的到来。一切都妥当了。格鲁贝克又被选中扮演墨丘利。他依然穿着监工的那套衣服，只是把翅膀系在脚上，戴一个头盔。他单腿而立，摆出一副优美如画的姿势，就要向主人夫妇发表他的祝词了。与贝克曼相比，格鲁贝克当然算不上

1 巴肯游乐场（Dyrehavsbakken），在哥本哈根北部几千米远的地方。

伟大的抒情诗人，但他对笑的确有着抒情诗般的理解。他对恰当性有种喜爱，从这方面讲，他经常有精湛的表演，尤其是在无表情喜剧（dry comedy）里，但他不是整个笑剧中的发酵成分，像贝克曼那样，可他是一个天才，一个笑剧天才。

你走进柯尼希市民剧院，在一层楼座找个位置，那儿的人相对少一些，看笑剧你必须坐得舒舒服服，丝毫不能因艺术的重要性而受到牵制，受此牵制的人蜂拥到剧院看戏，就好像看戏是一种拯救。剧院的气氛也相当纯净，既不为热情善感的观众的汗水所污，又不被艺术狂热分子的瘴气所染。坐在一层楼座里你可以确保自己有一个完全属于自己的包厢。如果没有，请允许我向读者推荐左边的第五或第六包厢，这样，您就不至于从我写的东西里得不到任何信息了。在后面的一个角落里有一个单独的座位，在那儿你可以拥有一个无比优越的位置。你独自一人坐在包厢里，整个剧院仿佛空无一人。管弦乐队奏起序曲，音乐在大厅里回响显得有些怪异，原因很简单，这地方太僻静。你到剧院来不是作为游客，不是美学家或批评家，而是，如果可能的话，什么人也不是，你满足于舒舒服服地坐下，就像，几乎就像坐在你自己的起居室里。乐曲演奏完毕，幕布徐徐升起，然后响起第二支曲子，它不是顺从地跟着指挥棒，而是追随一种内在的驱使，待第二支曲子即观众席上的自然之声响起，便预示着贝克曼就要登场了。我总是坐在包厢的最后面，这样就免得看见二层楼座和顶层楼座，它们像帽檐一样伸到我的头前。更为神奇的是这种噪音的效果。目之所及，一片空旷。在我面前，广阔的剧院空间变成了鲸鱼的肚子，里面坐着约拿[1]，顶层楼座传出的噪音就像这巨兽内脏的蠕动声。从此刻起，观众席开始奏响它的音乐，不需要任何伴奏，因为贝克曼刺激着它，而它也刺激着贝克曼。

我那无法忘怀的保姆呀，你是住在溪边的忽隐忽现的女神，那溪水流过我父亲的农庄，你总是乐于分享我们孩童的游戏，即使你只关心你自己！你，我忠实的安慰者，多年来永葆那纯洁无瑕的你，我越来越老，你却依然如故，我再一次走向你，安静的女神，我厌倦人群，厌倦自己，太厌倦了，我需要永恒以安歇，我太忧郁了，我需要永恒以遗忘。你不拒绝我，而人们总是搪塞我，说永恒像时光一样忙碌，甚至比时光还骇人。于是，我躺在你身旁，让自己消失在无垠的苍穹中，或在你喃喃的低语中忘记了自己！你，我更快活的自我，你是溪边忽隐忽现的声音，溪水流过我父亲的农庄，我四肢舒展躺在那儿，好像我的身体是一根被人弃置的远足杖，可是，在悲伤的潺潺流水声中，我得到了拯救与

1　约拿是《旧约·约拿书》中的主人公，因躲避耶和华的使命，被鲸鱼所吞，后又被吐出。

解脱！就这样，像一个泳者，将衣物丢在岸边，我躺在剧院的包厢里，伸展在笑声、放肆之举与喝彩声的溪流边，任水流不断地在我身旁翻卷泡沫。目之所及唯有剧院的空旷，耳之所闻唯有周遭的噪音，我只在幕间站起来，看看贝克曼。笑得太厉害了，精疲力竭的我又重新沉落，落在泛着泡沫的溪流边。这本身就是极乐，可我还缺点什么。这时，在周遭的狂野中我看到一个形象，令我欢喜万分，就算鲁滨逊·克鲁索见到“星期五”[1]也没这么欢喜。在我正对面的包厢里，在第三排椅子上坐着一位年轻姑娘，坐在第一排的一位老先生和一位女士遮挡了她半边。这位年轻的姑娘很少被人见到来这家剧院，因为在这里，人们一般不会无聊地把女性当成展览品看。她坐在第三排，衣着简朴，可说是便装，没有裹着貂皮之类的东西，只裹了一条宽松的披巾，她谦恭的头在披巾下低垂着，好像铃兰花的茎上最高的那个“铃铛”，从大大的叶子里探出身子。我观看贝克曼的表演，任自己笑得前仰后合；我精疲力竭又重新落座，任自己被喜悦与欢乐的溪流卷走，然后爬出水潭，重获自己；就在这时，我的目光碰到了她，她那亲切又温柔的模样令我的整个存在焕然一新。或者，当笑剧自身迸发出一阵更强烈的感染力时，

1 英国小说家笛福所著小说《鲁滨逊漂流记》中的人物，“星期五”是鲁滨逊救下的土人，因是在星期五救下的，故取此名。

我看着她，她的在场使这感染力深入我的骨髓，她安详地坐在那儿，被笼罩在感染力之中，她安静地微笑着，带着孩童般的惊奇。每晚她都坐在那儿，像我一样。我时不时感到纳闷，并揣测着其中的原因，但这些想法不过是因她而起的种种思绪，于是顷刻间，我感到她就像一个饱受折磨的姑娘，此时将自己紧紧地裹在披巾里，对世界别无所求，直到后来，她脸上的表情使我确信她是一个快活的孩子，她那样紧紧地裹着披巾，只是为了更开心。她没意识到有人在观察她，更别说意识到我的目光盯在她身上。这一定冒犯了她，可最糟的是，这也是对我自己的冒犯，因为有一种天真无邪，一种无知无觉，哪怕再纯洁的想法也会将它干扰。人们很难自己发现这一点，但是，如果一个人仁慈的守护神悄悄地告诉他那原始隐私的藏身处，他也不会强行闯入，不会让他的守护神伤心。如果她对我这无声的、痴迷的欣喜有半点怀疑，那么，一切都将毁掉，无法补救，连同她全部的爱。

我知道一个地方，距哥本哈根几千米远，那儿住着一位年轻的姑娘；我知道那个多荫的大花园，长满了树和灌木丛；我知道距那儿不远有一个行人不断的斜坡，树枝掩映，从上面可以俯瞰花园。我没有泄露给任何人，就连我的马车夫也不知道，因为我骗过了他，我总是提前下车，走一段距离，然后朝右而不是朝左走。每当我思绪万端，看到床比看到刑具还恐惧，甚于病人看到手术台，我便连夜驱车前往那个斜坡。清晨，我躺在那儿，藏在灌木丛的隐蔽处。当生命开始骚动，当太阳睁开眼睛，当鸟儿扇动翅膀，当狐狸悄然出洞，当农夫伫立门旁眺望原野，当挤奶女工拎着奶桶踏进草地，当收割者让手中的镰刀丁零作响，醉心于这序曲，任它唱出白日与工作的叠句——这时候，年轻的姑娘就出现了。能睡着的多幸运啊！能睡得那么轻，不使睡眠本身成为比白天的负担还要重的负担的人好幸运！从床上起来能让床好像没被睡过一般，看上去凉爽、芬芳、清新，好像睡觉的人没在上面休息，只是弯下身把床铺平，这样的人有多么幸运！能这样死去的人是多么幸运，待他的躯体被挪走，放他的床看上去如此诱人，就是一位体贴的母亲想让孩子睡得更安稳，把被单抖落干净，晾晒松软后铺成的床也不会比这张床更诱人！年轻的姑娘出现了，她带着惊喜四下走动。（谁更感到惊奇，是姑娘还是树木！）然后她弯身在树丛间采摘，然后轻快地蹦蹦跳跳，然后站着不动，若有所思。这里面有多少惊人的说服力！终于,我的思想寻到宁静。快乐的姑娘！如果哪个男人赢得你的爱，你会不会成为他的一切，使他幸福，正如你没为我做什么却让我如此幸福一样。

《护身符》即将在柯尼希市民剧院上演。回忆在我心中苏醒，一切如从前那般生动，我急匆匆来到剧院，没有包厢容我一人独享，就连左边的第五或第六包厢也没有了。我只好到右边落座。我周围的人群会兴高采烈还是无动于衷，谁也说不清，但有他们在旁边肯定令人厌烦。几乎见不着空的包厢，也没看见那位年轻姑娘，即便她在剧院里，我也找不出她来，因为她混在人群中。贝克曼令我笑不起来。我挨了半个小时，便离开剧院，心里念叨着：根本不存在重复。我大为震动。我并非青春年少，并非对生活一无所知，早在来柏林以前，我就改了自己的毛病，不再指望不确定的事物。可不管怎么说，我还是相信，我在这家剧院体验到的那份享受是更为持久的那一种，这恰恰因为一个人大概已学会听任生存的各种摆布，且学会以某种方式对付它们，直到真正获得某种生活的意义，到那时，生活也应该更加确定可靠了。生活怎能比破产更骗人！破产了还能给你百分之五十或百分之三十，至少有一点儿。话说回来，至少你还能向滑稽索求吧——怎么连滑稽也没有重复的可能！

我一路满腹思绪地回到家。我的写字桌还在原处。那把天鹅绒扶手椅也在那里，但我一看到它就气得发疯，几乎把它打个粉碎，想到楼里的人都已上床就寝，没人过来把它搬走，我就愈加恼火，如果扶手椅与周围的环境不相称，它有什么好，就像一个男人一丝不挂，只戴一顶三角帽，走来走去。我上床睡觉，满脑子没有一个理智的念头，当时屋里很亮，半梦半醒之间，我总是看见那把椅子，清早起来，我便实施了我的决定：把它扔进一个偏僻的角落。

在我眼中，屋子变得忧郁起来，原因很简单，它是出了差错的重复。我的脑子陷入枯竭，我的想象力不断以迷人的回忆逗引我，幻化出上一次这些想法出场时的种种情景，这些回忆的稗子使每个想法刚一诞生就窒息而死。[1] 我走出房间，来到咖啡厅，那时候，我天天都去那儿享用可口的饮料，根据一位诗人的语录，若是“纯粹、温暖、浓烈、不被滥用”，咖啡可以跟友谊媲美[2]。无论如何，我赞美咖啡。也许咖啡跟上次的一样好，人们总是希望如此，但这次，它不合我的口味。阳光透过咖啡厅的窗子，耀眼又炎热，屋里潮气很重，就像蒸汽从火上的平底锅里冒出来。一股气流袭来，像一阵信风穿透一切，阻止了任何重复的想法，即便机缘本来会主动奉上。

晚上，无疑是出于习惯，我来到以前常去的，甚至还曾令我感到满足的那家餐馆。就这样我天天晚上去，对周围的一切都了如指掌：我知道早来的客人什么时候离去，他们临行前如何向哥们儿道别，他们在里屋还是外屋戴上帽子，

---

1 在这儿，康斯坦丁·康斯坦提乌斯与克尔凯郭尔处于两个极端，克尔凯郭尔在第二次柏林之行期间思如泉涌，不间断地写完了《重复》的第一稿。

2 这条语录被题写在咖啡壶上，作者是丹麦诗人约翰内斯·埃瓦尔德（Johannes Ewald，1743—1781）。

或者待开门时甚或走出门外才戴上帽子。没有谁能躲过我的视线。像普洛塞庇娜一样，我从每人头上揪下一根头发，甚至秃头也不例外。[1] 真是一模一样，同样的妙语，同样的斯文，同样的顾客，地点也完全一样，总之，同样的同样性。所罗门说，女人的唠叨就像从天棚上落下的雨滴，我真纳闷，他要是活到现在，会对此说些什么。[2] 多么骇人的想法——在这里，重复是可能的！

第二天晚上，我来到柯尼希市民剧院。唯一的重复是重复的不可能。菩提树大街上，灰尘多得无法忍受。每次试图混入人群都等于洗了一次"人澡"，令人扫兴至极。无论我怎么转怎么换，全都徒劳。上次以优美的舞姿令我着迷的小舞蹈家眼看就要来个跳跃，却已经跳完了。勃兰登堡门前的那个盲人，我的竖琴手——或许我是唯一关注他的人——弄了一件杂灰色的大衣代替那件淡绿色的，穿着那件淡绿色大衣的他，看起来就像一株垂泪柳，令我乡愁涌动，如今在我眼里，他沉没了，终于成为一个普通人。那小官吏令人羡慕的鼻子变得没了血色。A. A. 教授穿上了一条新裤子，合身得简直像军装。

1 普洛塞庇娜（Proserpina），古罗马神话中的冥后，在古罗马诗人维吉尔的史诗《埃涅阿斯纪》中，当冥后从迦太基女王狄多的头上揪下一根头发时，狄多才能死去。

2 见《旧约 · 箴言》19：13，原文为："妻子的争吵如雨连连滴漏。"

这些重复来重复去，几天以后，我愤怒已极，对重复我厌倦透了，于是决定返回家乡。我的发现并不重大，可倒挺奇怪，因为我发现根本没有重复，我用尽了种种方式使这一发现重复，终于证实了这一点。

我的希望存放在家里。尤斯蒂努斯·克尔纳[1]在某个地方讲过一个故事，说有一个人厌烦了自己的家，决定骑马到广阔而又广阔的世界中去。他套上马鞍，跨上马背，没等骑出多远，他就从马上摔了下来。这次意外事故对他来说关系重大，他重新爬上马背，双眼再次投向他打算遗弃的家。他凝视着它，然后发现，它是那么美好，结果，他当即下马回家了。我满有把握地认为，为重复准备的每样东西都能在我家里找到。对一切大变动我总是大为怀疑，真的，以至于我甚至厌恶任何形式的房间清洁，尤其是用肥皂水擦洗地板。我留下最严厉的指令，即使我出门在外也必须保持我的守旧原则。可结果怎样？我忠实的仆人另有高见。我起程后不久他就开始了重大变革，要在我回来之前恰好完工，他倒真是一个能使一切及时恢复秩序的人。我回来了，按响门铃，我的仆人前来应门。这是一个意味深长的时刻。我的仆人顿时面如死灰，我透过半开半掩的

1 尤斯蒂努斯·克尔纳（Justinus Kerner，1786—1862），德国医生、作家。据研究者考证，此段故事不见于克尔纳的任何著作。

房门，朝屋子的远处望去，我看到了恐怖的一幕：一切都翻了个儿。我惊得目瞪口呆。茫然中，他不知所措，最后，那坏的良知将他击中——他呼的一声把门关在我鼻尖前。够了。我悲哀到了极点，我的原则彻底崩溃了，我不得不为最糟的情形担忧，像个鬼似的被人对待，如同商业经理格鲁迈尔[1]。我看出来了，世上没有重复，我从前的生活观念大获全胜。

我感到多么羞耻啊：我，曾对那年轻人何等粗暴无礼，如今却落入同样的境地，是啊，似乎我自己就是那年轻人，似乎我的伟大言辞只是一个梦，如今无论如何我再也不想重复我的言辞了，我从梦中醒来，希望生活不懈地、狡诈地取回它不经重复而给予我的一切。难道不是如此：一个人活得越老，就越能证明生活是欺诈，他变得越机灵，他学会用以对付生活的方式越多，他就把生活搞得越乱，他的痛苦就越多！小孩子是完全无助的，却总是安然无恙。我记得有一次在街上看见一个保姆推着一辆婴儿车，里面有两个孩子，一个还不满周岁，躺在车里睡得死死的，另一个孩子是个小姑娘，约两岁模样，长得又圆又胖，简直像个小夫人，她的身子凑到婴儿车前面，占去三分之二还多的空间，那小不点

1 J. L. 海贝尔作品中的一个人物。

儿躺在这位“夫人”旁边就像她随车携带的小包裹。小姑娘一脸令人钦佩的以自我为中心的表情，毫不在意任何人或任何人做的任何事，只在意自己能不能有个舒服的位置。突然，一辆大车飞速驰来，婴儿车眼看就要罹难，人们纷纷跑过去，这时，只见一个急转弯，保姆把婴儿车推进了一个门洞。所有的过路人都惊恐万状，我也不例外。自始至终，那位小夫人坐在那儿没事儿似的，一直冷漠地挖着鼻孔。她大概寻思：这一切都是保姆的事儿，跟我有什么关系？这样的英雄壮举，你在成人中根本找不到。

一个人活得越老，他对生活理解得就越多，就越感受到生活的舒适之处，并且越能品味它们，一言以蔽之，他越能胜任生活，他就越不满足。满足，完全地、彻底地，在方方面面都得到满足，这是绝不可能的，而或多或少的满足又不值得去折腾，不如干脆彻底不满足。任何一个煞费苦心琢磨过这事儿的人肯定会同意我的观点：人终其一生也不被允许以任何方式得到绝对满足，哪怕半个小时也不允许。[1]当然啦，我也没必要说明，这不只是穿衣吃饭的事情。

我一度临近绝对满足。一天清晨，我刚起床，便感觉不同寻常地好。中午时分，我的幸福感上升到无与伦比的

1 暗指歌德的《浮士德》，浮士德与魔鬼梅菲斯特定约，只要他满足地说声“啊，真美，请停留片刻!”，那么，他就当即死去，把灵魂交给魔鬼。

程度，一点整，恰值巅峰，那晕眩劲儿，仿佛已身处极点，这极点在任何幸福测量仪，甚至任何诗意温度计上都找不到。我的身体脱离了地心引力，好像压根儿就没有身体，因为每一个器官都陶醉在彻头彻尾的满足之中，每一根神经都为其自身与全体欣喜，而每一次心跳，只要生命不息就跳动不止，只为纪念和宣告这一刻的快乐。我脚步飘飘，不像鸟儿穿透空气远离地面的飞翔，倒像风儿飘过麦浪起伏的田野，像海水悠悠摇动，像云儿梦中飘游。我的存在，透明如海之深处，如夜之自得的沉默，如正午之自言自语的静寂。每一丝情绪都伴随着优美的回声安顿在我的心灵中。每一个想法都自生自长,每一个想法都欢快地自生自长，有最愚蠢的冲动，也有最宝贵的观念。我能预感到每一个感想的来临和苏醒。所有的存在似乎都爱上了我，每件事物都颤动着契合着我的存在。每件事物都预先明白我的意思，每件事物在我这小宇宙的福乐中都神秘地美化了，每件事物都因这福乐而美化，甚至最不称意的事物：最无趣的议论、最厌恶的景象、最惨烈的冲突。如上文所说，就在时针指向一点的时刻，我正值巅峰，仿佛身处极点，突然间，有什么东西刺痛了我的一只眼睛，是睫毛，是一粒灰尘，或是一点点什么东西，我弄不清楚，但是我确实清楚的是，就在这一刹那，我几乎跌入绝望的深渊，这是任何一个曾达到我这个高度，而且身处这个顶点时还沉思过“绝对满足究竟能否获得”这个理论问题的人都理解的东西。从这一刻起，我便放弃了在方方面面都感到绝对满足的一切希望，放弃了我曾经怀抱的希望，或许不能自始至终，但总可以在某些时刻得到绝对满足，尽管这些瞬间全部加在一起也不过如莎士比亚所说的一句话：“一个酒保也会很快地计算出一个总数来。”[1]

走了这么远，我开始学会理解那个年轻人。只要我自问是否存在哪怕半小时的绝对满足，我总是灰心地宣布放弃。就是那个时候，我一次次地致力于重复这个想法，并抱有高涨的热情，但一次次我都因自己热衷的原则而沦为牺牲品，我确信不疑：如果我不是怀着证实“重复是可能的”的目的去旅行，我可能会为同样的一切欢欣不已。多可怜，为什么我不能跟普通人一样，为什么我要坚守原则，为什么我不能穿着跟别人一样的衣服四处走动，为什么我愿意穿硬靴子走路！他们岂不都赞同——不论教会的或世俗的演说家，不论诗人或散文家，不论船长或殡仪员，不论英雄或懦夫——他们岂不都赞成生命是一条河流！一个人怎会持有重复这等愚蠢的想法，而且更愚蠢的是，还要将它树立为一个原则？

---

1 见莎士比亚著《特洛伊罗斯与克瑞西达》第一幕第二场。

我年轻的朋友寻思：让它过去吧，也许会因此过得好，比希望以重复开始要好得多。那么，他或许会以同样的方式重新赢得他的所爱，像民歌中那个想要重复的情人一样，像被剪了头发、嘴唇苍白的修女一样。他想要重复，便得到了重复，可是，重复要了他的命。

小修女走过来，
她的面纱雪样儿白，
漂亮的头发剪光了，
红红的嘴唇多苍白。
年轻人坐下多悲伤，
他坐在一块裂石上，
抹着大颗大颗的泪珠儿，
一记雷鸣碎了他心房。[1]

愿马车的号角长鸣！这是为我吹奏的乐器，原因多多，最主要的原因是人们绝对保证不了从这号角中哄骗出同样的音符。一只马车号角含有无限的可能性，把它放到嘴里并

1 引自德国启蒙运动时期的思想家、文学家赫尔德（Herder，1744—1803）的《民歌集》。

把智慧送进去的人绝不会为重复而内疚，当他什么也不愿意说却又理解了一切时，他不给朋友什么答案，只给他一只马车号角。荣耀归于马车号角！它是我的象征。正如古代的苦行修士放一个头盖骨在桌上，对头盖骨的沉思便构成了他的生命观。愿马车号角长鸣！但是，这趟旅行不值得折腾，一个人不必挪动他的位置去证实重复不存在。不必，他就静静地待在起居室里；当凡事都是虚空[1]，一切皆流逝，他跑得比乘火车还快，尽管坐着纹丝不动。凡事都使我想到这些，我的仆人会穿得像个驭者，而我自己除非坐上特殊马车，否则不会去赴宴。别了！别了！你这朝气蓬勃的希望，你匆匆忙忙为哪般？说来说去，你所追逐的并不存在，甚至你本人也是如此！别了，你这充沛的阳刚之气！你何必这么用力地踩着地面？你走向的不过是幻影！别了，你这傲视一切的决心！好吧，你会达到目标，可你无法一路带着功绩而不转身，你做不到！别了，森林，别了你的美妙！当我想一睹你的芳容，你却枯萎了！继续旅行吧，转瞬即逝的河流！只有你真的知道你想要什么，因为你只想一往直前，把自己丢进海里，永远填不满的海！继续表演吧，你这生活之戏剧，不要叫什么喜剧，什么悲剧，因为没人看见结尾！继续表演

1　参见《旧约·传道书》1：2，“虚空的虚空，虚空的虚空，凡事都是虚空”。

吧，你这存在之戏剧，戏里不会多给一遍生命，正如金钱！为什么没有人从死亡之域归来，因为生命不知道如何像死亡那样蛊惑众生，因为生命没有死亡那样的劝诱力。是啊，只要你不抵挡它，而是任它说个不停，死亡的劝诱力就会强大无比；它立刻能把你说服，以至于没有谁站起来反对它，或渴求生命的雄辩。噢，死亡！伟哉，你的劝诱力，除你之外，谁也比不上那一位，他因雄辩而得名“死亡的说客”[1]，因为，他以那强大的说服力谈论着你！

1 古希腊昔兰尼学派的哲学家赫格西亚（Hegesias）把死亡说得极富诱惑力，他的追随者竟纷纷自杀。

第二部

重复

一段日子过去。我的仆人像做家庭主妇的夏娃，弥补了从前的过失。我整个的家政建起了一套一成不变的秩序。每样不能移动的东西都待在其指定的位置，而每件能移动的都以其适当的路径运行：我的时钟，我的仆人，还有我，我本人，以一丝不苟的步履在地板上走来走去。虽然我已说服自己相信世上没有重复，可有一件事依然是确定无疑的：一个人只要坚定不移，且削弱自身的观察力，就能获致一种千篇一律，其麻醉力远胜于最为奇异的乐事，它像一串魔咒，随时间流逝而愈发有魔力，在赫库兰尼姆和庞贝的遗址上，每样东西都原封不动，和各自的主人将它们放在那儿时一样。假如我生活在那个时代，考古学家们或许会惊讶地发现，有个人竟以一丝不苟的步履在地板上走来走去。为了维持这已建成的永久秩序，我不放过一切可利用的手段。在特定的时间，我甚至像皇帝图密善[1]那样手持苍蝇拍在屋里转悠，捕捉每一只革命的苍蝇。不过，有三只苍蝇被留下来，在规定的时间里嗡嗡嗡地从房间里穿过。我就这样生活着，把世界忘在脑后，或自以为忘却了。突然有一天，我收到一封信，信是我那位年轻朋友写来的。后来又陆续来了一些，每封信大约要寄一个月才能到，但我推断不出他住的地方到底有多远。他本人没透露任何消息；如果有意为之，且小心谨慎，例如，忽而隔五周来封信，忽而只隔三周来封信，把我弄糊涂是很容易的。他不想烦劳我写信，即使我愿意飞鸿往来，至少给他个回音，他并不在意是否接到我的回信，他只希望一吐衷肠罢了。

从他的来信中，我看出我以前就清楚的一点，像所有的抑郁症患者一样，他暴躁易怒，并因此处于持续不断的自我冲突之中。他希望我做他的知己，又不希望如此，的确，我成为他的知己反倒令他不安。让我处于所谓优越的地位，他感到放心，可又令他恼火。他依赖我，可又不想如此，的确，这样会令他不安。他依赖我，可又不想得到回复，的确，也不愿意看见我。他要我沉默，不打破沉默，“凭一切神圣之物起誓”，可一想到我有保持沉默的权力，他似乎又怒不可遏。没有人会知道我是他的知己，一个活人也没有；因而他本人也不想知道，我也必须不知道。为了把这一窘境说成是我们

1　图密善（Domitian，51—96），罗马帝国皇帝。

彼此的满足和愉悦，他甚至有礼貌地暗示说，他其实认为我疯了。我怎敢表明我的看法：他这种解释过于放肆无礼！依我之见，那样只会为他的指控增加口实，而在他眼里，我的自我克制不过是无动于衷和神志失常的新迹象，到了麻木不仁的程度，受到侮辱竟没有感觉。数年来，我每天都训练自己，对人们仅仅保持客观的理论兴趣，而且，可能的话，对每一个认为“观念在运行”的人都是如此。如今，这就是我的回报！我一度试图帮他树立这个观念，如今我只好品尝自己栽下的苦果，也就是说，对方认为我是又不是既存在又虚无，是与不是，全在他高不高兴；我自己能做到既存在又虚无并从而助他摆脱困境，但我接受不到一丁点儿的赞赏。要是他自己想到在无理要求中隐含了多少赞成，他必定再一次怒不可遏。做他的知己难乎其难，他完全无视这样的事实：我只需只言片语，例如谢绝与他通信往来，就会伤他不轻。惩罚不仅降临到背叛厄琉西斯秘密祭典[1]的人身上，而且也不放过那些拒绝加入从而触犯该习俗的人。据一位古希腊作家[2]所说，一个名叫德莫那克斯[3]的人拒绝加入，竟然靠自己

1 古希腊每年在厄琉西斯城举行的秘密宗教仪式，祭祀农业女神得墨忒耳与其女儿冥后珀耳塞福涅。

2 这里的“古希腊作家”指琉善（Lucian，120—不早于180），又译为卢奇安，著有《诸神的对话》《死人对话》《德莫那克斯传》等。

3 德莫那克斯，公元2世纪古希腊哲学家，他为自己不参加秘密祭典辩护说，假如秘密没有价值，那么没有人需要它们；但是假如它们是真的，那么所有人都会知道。

才华横溢的辩解毫发未损地脱身。作为知己，我的处境甚至更为不妙，因为他更忠于他的秘密，当我做了他迫切需要的事情——保持沉默——他竟然那么愤怒。

可是，如果与此同时他以为我彻底把他忘了，他就又一次错怪我了。他突然消失着实令我担忧：他会不会因绝望而自寻短见？通常，这类事儿不会隐匿太久，既然我没听到什么也没看到什么，我确信不管他藏身何处，他一定还活着。他弃之不顾的姑娘还蒙在鼓里，全然不知情。一天，他突然消失不见，没留下只言片语。她并没有立刻陷入痛苦，起初只是有些许不安与怀疑，随着痛苦一点点加剧，她隐约觉得出了事情，但又摸不清头绪，她在梦一般的情境中甜蜜地清醒过来。对我的观察而言，这姑娘是一种新的素材。[1]我的朋友不是那种轻薄之徒——只想从情人那儿榨取一切，然后抛弃了事；相反，他的消失竟让她进入一种最值得向往的状态：健康，青春焕发，因他所有的诗篇而感到充实，为诗意幻象那无价的兴奋剂所滋养。你很难遇到一个被抛弃的姑娘处于这样的状态。几天后我见到她，发觉她依然鲜活得像一条刚刚被捉到的鱼，通常，碰到这种事，姑娘会饥饿难忍，

1 这里有一段文字，被作者在定稿时删掉："尤其令我惊异的是，她之于他竟然那么重要，她没有任何真正刺激人、让人着迷、有创造性的东西。他的状况就像忧郁的人通常的状况一样，自投罗网。他把她理想化了，而如今她却以为她本来就是那个样子。"

犹如鱼缸里的鱼。我完全相信他活着，庆幸他没有采取绝望的手段，以死亡自欺。如果情色关系中的一方死于悲伤或想以死来逃避尘世的烦恼，真不知这关系会多么扑朔迷离。根据姑娘本人的神圣表白，若情人是个骗子，她会伤心而死。可是，你瞧，他不是骗子，他的意图或许比她所了解的还要好。尽管他也许终究会那样做，可目前却下不了决心，就因为她曾允许自己义正词严，向他发出警告；因为她，据他说，动用了演说家的伎俩，或者不管什么，总之说了一些无论她是否认为他是骗子，都绝不该说的话，因为如果他真是骗子，她的骄傲将不允许她这么说，而如果她依然对他心存信任，她就该发现，她大大地冤枉了他。想以死来摆脱全部关系是拙劣至极的办法，那意味着对一位姑娘的最大侮辱。她以为他死了，她陷入悲伤，她真心实意地为死者哀泣。是啊，一旦某一天她发现他还活着，发现他根本没有过死的念头，她必定为自己付出的感情感到恶心。或者是否要等到来世，她才开始担忧——不是担忧他是否真死了，这无可争议，而是担忧他是否死在他宣告之际，死在她悲伤之时——这类情境想必是末日论作家的任务，这种作家理解阿里斯托芬（我指的是那个古希腊作家，不是那些像中世纪的江湖医生那样冠以此名的人物）和琉善[1]。错误将维持很长一段时间，

---

1 阿里斯托芬（公元前448？一公元前380？），古希腊作家，被誉为“喜剧之父”，在喜剧《蛙》中描写了冥世，即死后的生活；琉善也描写过死后生活。

既然他已死，他就得将死亡持续下去。随后，这位伤心的姑娘醒过来，在他们的关系中断之处重新开始，直到她发现此处插入了一个小小的附加句。

一接到他的来信，回忆就在我心中鲜活起来，重拾他的故事，难免感触良多。他在信中解释说我发疯了（并非完全失当），这令我猛然想到：如今他的确藏有一个最私密的秘密，被一种长着一百多只眼睛的嫉妒情绪守护着。我当时见他的时候，就曾发现，在和盘托出秘密之前，他以含沙射影的方式小心地暗示，认为我这人“古怪”。好吧！一个观察家就得做好这种准备。他必须知道如何给坦白者一点儿保证。要作出坦白，姑娘总是需要一个积极的保证，而男子需要消极的保证，原因在于女性的忠诚与谦卑，男性的骄傲与意志。向某人征求忠告与解释，而这人是个疯子，这多么让人欣慰啊！于是，丝毫不必害羞。毕竟，跟这样一个人交谈与跟一棵树交谈没什么两样，“此事纯粹出于好奇”，如果有谁问起来的话。观察家知道如何显得轻松自在，否则，有谁愿意敞开心扉。他首先得抵御自己在伦理上要求过严，他不能把自己塑造成一个道德高尚的人。这是一个堕落者，据说，他参与过一些放荡的事，因此，对他自然可以放心，我比他高太多档次！于是，成了。我只管他人意识的实质内容，别的一概不问。我称一称，如果它们有分量，要价多少我都不嫌贵。

只要扫一遍他的来信，就会清楚地看到，他的恋爱事件造成的影响是多么深刻，远远超出我当时的想象。他一定对我隐瞒了某些心境。显然，那时候我只不过是“古怪”，现在我是神志失常，这可是另一码事了。如果这是实情，那么对他来说就只剩下宗教行动这一条路了。爱就这样引领着一个人越走越远。我要把我常常申明的东西在这里再申明一遍：“生活深奥至极，其统治力知道如何要诡计，其手腕之独特，就算全部诗人加在一起也想象不出。”这个年轻人的天性禀赋如此特殊；我甚至敢打赌，他并未陷入色欲之爱的罗网。在这方面确实存在例外,不会下滑到通常的形态之中。他具有非凡的精神力量，尤其是想象力。一旦他的创造力被唤醒，就够他受用一辈子，倘若他能恰当地认识自己，把自己限定在舒适的居家消遣中，再加上心智活动与想象力的娱乐——色欲之爱最完美的替代物——那么，他不但丝毫不会招惹任何色欲之爱的麻烦和祸事，还会享受到最美妙的快感，足以跟色欲之爱媲美。具有这种天性的男人不需要女人的爱，对此，我通常作出如下解释：他前世是个女人，虽然现在是男人，却留有前世的记忆。爱上一位姑娘不过是对他的干扰，且总是扭曲他的任务，因为他几乎能扮演她的角色，而这会让他和她都感到恼怒。另一方面,他的天性十分忧郁。如果说前一个因素阻止他跟任何姑娘发展更为亲密的关系，那么，后一个因素便会保护他，免得一些精于算计的女人主动追求他。那种同情的天性所具有的深深的忧郁始终是最完美的手段，一切女性的手腕在它面前都会蒙羞。如果一个姑娘成功地把他吸引到身边，就在她因成功而陶醉的时刻，他可能会寻思：由于情不自禁，难道你没对她犯下罪过，没有委屈她？难道你没在妨碍她吗？这样的话，再会吧，女性所有的伎俩。这下，他的处境以惊人的方式改变了：他投靠到她那边，他如饥似渴地想见到她全部的优秀之处，他知道如何把它们展示出来，甚至超出她本人所能展示的，称颂它们，超出她本人之所求，可无论如何，她绝不会得到他。

他竟深陷这桩情事之中，我绝对料想不到。但生命自有创意。使他陷入其中不能自拔的根本不是姑娘的可爱，而是他自己的懊悔，懊悔自己扰乱她的生活而使她受委屈。他曾轻率地接近她，他确信这爱无法实现。没有她，他仍会幸福，何况又添上这新的顿悟，于是，他突然放弃。可如今他无法忘记他犯过一个错误，这错误就好比遇到无法完成的事情就干脆放弃了事。如果他是无拘无束之身，如果面对这种问题——“姑娘就在这儿，你会走近她吗？你会爱上她吗？”——他会相当肯定地说：无论如何也不会，我曾经领教过这种事——这种事人们怎么也忘记不了。如果他不想愚弄自己，情形就是如此。以人性而论，他依然坚定地认为，他的爱是无法实现的。他已走到奇迹的边界，因此，假如此事真会发生，就必然借荒诞发生。[1]是他大脑里没想过任何困难，还是我灵敏的大脑或许太富创造力了?！他真爱那姑娘，或者，她不过是又一个触动他的契机？无疑，他关注的不是严格意义上的占有或从占有之中生发出来的内容，他关注的是纯粹意义上的返回。假如她明天死去，他的悲伤也不过如此，实际上他不会感到丧失了什么，因为他的存在处于休息状态。跟她接触造成的分裂将因实际上回到她那里而得以弥合。这再次表明姑娘不是一种现实存在，而是他的内在活动的刺激物与反映。那姑娘太重要了，他永远忘怀不了，然而，她之重要不仰仗她自身，它依靠他们之间的关系。容我打个比方，她是他的存在的边界，但这种关系不是色欲关系。从信仰的观点看，人们可能会说上帝似乎在利用这位姑娘捕捉他，可姑娘本人不是现实存在，倒像是一只草蛉，鱼钩上的诱饵。我完全确信他根本不了解那姑娘，尽管他爱慕她，尽管从那以后她大概再也没离开过他的心思。她就是那姑娘——句号。具体说来，她究竟是这样还是那样，美妙，可爱，忠贞，怀着不惜一切的爱，为此甘冒一切风险，甚至撼天动地——凡此种种，他想都没想过。假如他想说明他究竟指望从一种现实的色欲关系中得到怎样的快乐和狂喜，大概一句也说不出来。他的主要目标是获得那个可能为他挽回荣誉与骄傲的

1 奇迹的边界即信仰的边界。信仰只能凭借荒诞发生，这是克尔凯郭尔的核心思想，尤其见于他的《恐惧与颤栗》。

时刻！似乎让这种孩子气的、不安宁的情感保持服帖也不算荣誉与骄傲！他甚至可能期望自己的个性被扭曲，但是没有用，如果他只想对生活进行报复的话，生活嘲弄了他，让他在清白无辜之时犯下罪过，使他在这一点上与现实的联系毫无意义，于是，他只得心甘情愿被每个真诚的情人视为骗子。要承受多么沉重的负担啊！但也许我并没有完全理解他，也许他深藏着什么东西。说不定他确实在恋爱。那么，为了把圣中之圣全盘托付给我，他也许会将我杀死，一切便就此了结。显而易见，当观察家是危险的。同时，仅出于我本人的心理学兴趣，我希望能把姑娘带走一段时间，让他认为她已结婚。我打赌能找到别的解释，因为他的同情感是那么忧郁，让我觉得他是出于对姑娘的善意而想象自己爱着她。

使他停下的关键不是别的，恰是重复。他是对的，他不在哲学中寻求解释，不管是古希腊哲学还是现代哲学，因为古希腊人做反向运动，遇到此事会选择回忆，而不是折磨自己的良心。现代哲学不做任何运动，通常它只是制造一番喧闹，就算它做了什么运动，它也总是内在固有的[1]，而重复是并始终是一种超越。幸运的是，他没从我这儿寻求任何解释，

---

1 这是作者对黑格尔哲学中“扬弃”概念的嘲弄，“扬弃”（Aufhebung，aufheben）是一种辩证运动，最终是矛盾的和解，在丹麦语里用 Ophævelse 表示，它与动词 gjøre（即“做”“制造”的意思）一起使用时，就表示“制造混乱、喧闹”之意。

我已放弃我的理论，我现在随波逐流。于是，重复同样太超越于我。我可以绕过我自己，但我不能高过我自己。我找不到阿基米德[1]之点。幸运的是，我的朋友没从任何世界著名哲学家或任何国家委任的正教授那里寻求解释，他求助于一位非职业的思想家，这位思想家一度拥有尘世的种种荣耀，后退隐，换句话说，他投向了约伯[2]。约伯不在讲坛上装腔作势，摆出一副安慰人心的架势，好证明他的观点多么正确；相反，他坐在灶边，用瓦片刮着自己的身体，不曾中断，同时随意地丢出一点线索和只言片语。他相信他在这里找到了他寻求的东西，在他眼里，真理在约伯、他的妻子和三个朋友这个小圈子里比在古希腊会饮[3]上听起来更荣耀，更真实，

1 阿基米德（公元前287? —公元前212），古希腊哲学家、物理学家。据说，他说了这么一句话："给我一个支点，我能撬起地球。"

2 约伯是古希伯来人塑造的信仰英雄，《旧约·约伯记》里叙述上帝放手让撒旦去考验义人约伯，看他是否信仰坚定，于是接二连三的灾祸降临其身，"使他从脚掌到头顶长毒疮。约伯就坐在炉灰中，拿瓦片刮身体。他的妻子对他说：'你仍然持守你的纯正吗？你弃掉神，死了吧！'约伯却对她说：'你说话像愚顽的妇人一样。哎！难道我们从神手里得福，不也受祸吗？'在这一切的事上，约伯并不以口犯罪"。接着他的三个朋友提幔人以利法、书亚人比勒达、拿玛人琐法从远方来看望他。正文以诗的对话形式探讨约伯作为义人受灾祸的问题，他的三个朋友，后来又加上布西人以利户，轮番与他对驳，但他始终自以为义，不满他们的指责，于是直接呼求耶和华出面，神在雷电旋风中显现，向约伯展示了人智所不能理解的世界奥秘；在尾声里，约伯说："我从前风闻有你，现在亲眼看见你。因此我厌恶自己，在尘土和炉灰中懊悔。"于是，上帝加倍赐福约伯，财产翻番，但新生的子女还是原来那么多，约伯又活了一百四十年而死。克尔凯郭尔在后文中多次提及《旧约·约伯记》。

3 会饮是古希腊社会普遍流行的一种习俗，以饮酒和歌颂诸神为主。此处暗指柏拉图的《会饮篇》。

更令人信服。

即便他还想从我这儿寻求指导，那也没用。我做不出信仰运动，这有悖于我的天性。但我并不因此否认这种事情的现实存在，或否认一个人能从年轻人身上学到许多东西。假如他成功了，他不会拥有比我更热忱的敬慕者。假如他成功了，他会摆脱我们关系中的所有烦恼。然而，我不能否认，我反复琢磨此事，对那姑娘产生了更多的疑虑，她以这样或那样的方式纵容自己盼他陷入忧郁的陷阱。若果真如此，我倒宁愿自己不要站在她一边。那免不了是一场灾难。生活总是喜欢对这类行为施加最残忍的报复。

年轻人的来信

（8月15日—2月17日）

一

8月15日

我沉默的知己：

您也许会不胜惊讶，突然收到一封来信，对您来说，寄信人大概死了很长时间，就跟想不起来一样，或者想不起来，就跟死了一样。我不敢假设还有什么更大的惊讶。可以这么说，我想象着，您会迅速取出病历，然后说道：哦！是那个有过不幸的爱情的家伙。我们的联系是在何时中断的？哦，这么说，正是这些症状了。是啊，您的镇定令人震惊！一想到这儿，我就血液上涌，可我解脱不了，您用奇特的力量俘获了我。跟您交谈有某种难以形容的治疗作用，它能缓解痛苦，就好像一个人在跟自己或跟一个观念交谈。他吐露完毕，从表白中寻得慰藉，这时，他看到您毫无表情的面孔，才一下子明白过来，站在他面前的原来竟是一个人，他一直在跟一个智慧过人的人交谈，于是，一阵恐怖袭来。仁慈的上帝啊，为了脸面，备受悲伤折磨的人对他的悲伤毕竟怀有某种自尊吧。他不打算向任何人吐露，他需要的是沉默，而您正是恰当的人选。可是，得到保证后，他又开始担心，因为您比墓穴还要沉默，其中无疑藏着许多类似的寄存物。您洞悉一切，毫不含糊，瞬间您就能挖出另一个秘密，然后从中止的地方重新开始。于是，他便后悔自己过于向您坦白了。仁慈的上帝啊！为了脸面，备受悲伤折磨的人对他的悲伤毕竟怀有某种自尊吧。他把悲伤交付于人，是想让他去感受它的分量与意义。您不会让他的希望落空，对其精微之处您比他本人领会得还要透彻。我事事知晓，对我来说，天底下根本没有什么新鲜事，这种优越感，让我随即陷入绝望。如果我是统治众人的独裁者，求上帝保佑您吧！我一定要将您跟我一起锁进笼子里，让您归我一人所有。如能那样，我就成天看着您，从而给自己备好一份最折磨人的忧虑。您有一种魔力，使人禁不住甘冒一切风险，希望拥有他本不会拥有也不会觊觎的力量——只要您在凝视他——您使人禁不住表现出另一番模样，仅仅为了换得赞许的微笑和不可言喻的回报。我可能会整日看着您，整夜听您诉说，可是，假如我打算采取某个行动，无论如何我不会在您面前做。您的一句话就可能把一切弄乱。我缺乏勇气，不敢在您面前坦白我的弱点，一旦坦白，我会成为懦夫中的懦夫，因为我会觉得我丧失了一切。您就这样以一种难以形容的力量俘获了我，而这同一种力量又令我忧虑，我如此敬慕您，可有的时候，我又觉得您神志失常。事实上，把所有的激情，所有的情感，所有的情绪置于反思的冷冰冰的严密管制之下，这难道不是神志失常吗！理念纯粹，不像我们其他人一样，又柔顺又屈从，又丧失又被丧失，这难道不是神志失常吗！总是这样警觉，这样清醒，从不含糊，从不恍惚，这难道不是神志失常吗！现在我不敢见您，可没有您我又过不下去，所以我便给您写信，恳请您不必费心给我回信。为安全起见，我不留任何地址。这就是我希望的方式，给您写信很好，这样我就安全了，于您也会愉快。

您的计划是一流的，简直可谓举世无双。偶尔有些时刻，我依然像孩子似的追求那个英雄形象，是您把它树立在我面前，令我羡慕得出神，您解释说，这是我的未来，假如我有能力扮演这个角色，我会因此成为一位英雄。当时，在这幻觉的驱使下，我被卷入一种想象的狂喜中。以这种方式终结一生，只为了一位姑娘！声称自己是无赖、骗子，仅仅想表明她多么受尊重——因为谁会为一个无足轻重的人牺牲自己的荣誉?！往自己身上抹黑，把自己的生命抛到一边！承担复仇的使命，以一种特别的方式完成它，绝不像一般人那样无谓地散布流言蜚语！做那样的英雄，不求举世瞩目，只为成就自身；不诉诸抗辩，但能活在自身的人格中，自己做自己的证人、法官、律师，而且是唯一的。将未来的生命丢到杂乱的想法中，这是随之而来不可避免的局面，在某种意义上，就人道角度而言，放弃理解的可能吧！这一切，只为一个姑娘！假如一切从头开始，那么，照您所说，给姑娘献上一份最富于骑士精神的、最富于色欲的恭维，甚至胜过一切了不起的丰功伟绩，因为一个人这样做只利用自己！这番话给我的印象极深。当然，说得并不狂热——您，狂热分子！这番话说得心平气和，不乏冷静的理智，完全是行家里手之言，似乎为了这件事，您透彻地钻研了全部骑士文学。在色欲领域有所发现，对于我来说，就如同一个思想家发现了一个新的范畴。

不幸的是，我不是精于此类表演的艺术家，既没有胆量，又缺乏毅力。幸运的是，我很少见到您，就是见您也在僻静之地。假如您在我身边，假如您坐在屋子里，哪怕坐在角落里，读读写写，弄些不相干的事儿，您也依然洞悉一切——我太清楚这一点了——那么，我相信我真会行动起来。若果真如此，简直可怕至极。日复一日，不慌不忙、处心积虑地把心爱的人蛊惑到谎言之中，难道不是一桩可怕的事?！也许她会抓住她得心应手的资源——女性的哀求——绝不放手；也许她会哭哭啼啼地恳求我，拿我的名誉、我的良心、我的永恒救赎、我的生之安宁与死之安宁、我今生的安宁与来世的安宁说事！一想到这里，我就不寒而栗。

您的种种示意我一直记在心上，因为我根本不敢提出任何异议，我已全然心醉神迷。“如果一个姑娘在其权限之内使用这些手段，就应该任其发挥，不仅如此，甚至还要助她一臂之力。跟姑娘交往，应该尽量保持骑士风度，不仅要扮演自己，而且还要扮演好为她辩护的律师。如果她越出她的权限，那就毫无意义了，就任她去吧。”这话不错，是彻头彻尾的真理，但我缺少这种明智。“在人类的懦弱与勇敢之间，人们经常会发现多么愚蠢的对立啊。看都不敢看的可怕之事，人却有胆量去做。你抛弃那姑娘是可怕的。你不缺乏勇气，却没有勇气看她苍白的面孔，数点她滑落的泪珠，直面她无尽的痛苦。当然，跟别的事儿比起来，这不算什么。如果你明白自己想要什么，为了什么，以及想要多少，那么就应该去考察、去重视每一个理由，而不是悄悄地躲开，一心指望你的想象力比现实更迟钝。那样做你也骗了你自己，因为当你想象她的悲痛，你那生动的想象力将以完全不同的方式被激活——不同于你亲眼看到她的悲痛——并推波助澜，让一切变得极其焦虑而可怕。”此话不错，句句是真理，可这种真理真是太有逻辑了，冷冰冰的，好像世界已经死灭了。这种真理不能说服我，不能打动我。我承认我这人软弱，本来就软弱，我永远不会那么强大，那么无畏。回过头来细数整个过程，假如您处在我的位置，您会如何？在您想象的时候，千万不可忘记，假定您对她的爱一点儿也不亚于我对她的爱。我相信您会大获全胜，您会贯彻到底，您会征服一切恐怖，您会以诡计将她迷惑。结果会怎样？假如您运气没有那么好，在紧绷的神经终于放松后的一小时内，未能让自己的头发变得灰白，未能吐完最后一口气，那么，您必然自食其果，不得不继续耍弄您的诡计。我相信您会大功告成。可您不害怕失去您的理智吗？您不害怕一头扎进蔑视人类的可怕激情中吗？行事正当合理，忠诚可信，却又声称自己是个无赖，然后在欺骗中嘲弄所有常常高视阔步、自鸣得意的不幸者，并同样讥笑着世上最卓越的事物！什么样的脑袋能承受这等事！您不觉得夜里有必要经常起来，喝一杯凉水，或坐在床边清理一番？！假定我已着手行动，不，我不可能继续下去，我选择了另一条途径：我悄悄地离开哥本哈根，来到斯德哥尔摩。按照您的方案，这样做是错误的。我应该公开地走。一想到她站在海关办公室旁边的情境，我就一阵胆寒。设想一下：那机器刚刚发动，我便认出了她的身影。我相信我一定会发疯的。若是您，则一定会镇静自若，对此我毫不怀疑。若有必要，若是您料到她会出现在海关，您一定会带着那女裁缝一起旅行。如果有必要——仅仅为了帮助您爱的人——您不但会教唆一个姑娘，还会诱惑她，真的诱惑她，蹂躏她，将她洗劫一空，如果必要的话。可是，假如在某个时刻，您突然惊醒，不知自己是何许人，因为您变换了位置，成了好心的骗局中供自己使用的那个角色，那会怎样？我必须承认这一点：您肯定认为一个人不应该草率地卷入这类事情中，是的，您偶尔甚至说，这种手段绝不是非用不可的，如果姑娘本人没什么罪过，并没有粗心到竟看不出任何同情的迹象，也不是太过自私以至于让这些迹象悄悄滑过的话。但是，恰恰在这一点上，难道就不会出现那样一个时刻，她意识到她应该做什么，她对自己的疏忽造成的后果深感绝望，而这疏忽与其归咎于她的感觉迟钝，还不如归咎于对方的整个人格。她的体验难道不像我的一样？她毫无疑心，做梦都想不到她在启动着何种力量，她在玩弄着何种激情？这样的话，她虽然清白无辜，而事实上却对一切都负有罪责。难道这样对待她不过于严厉吗?！如果我要对此做点什么的话，我倒宁愿争吵、发怒，而不是这种沉默的、客观的斥责！

不！不！不！我过去不会，现在不会，将来也不会，无论如何，我不会这样做。不！不！不！我对写下的这些符号感到绝望，它们靠在一起，冷冰冰的，像一些游手好闲的街头懒汉，这个“不”不会比下一个“不”说的更多。您会听到我的激情怎样让它们变换声调。如果我站在您身边，我会说着最后一个“不”字，忍痛离您而去，就像唐璜离开指挥官，他的手不比您的理智更冰冷。您的理智把我弄得发狂，让我无法抗拒。可是，如果我跟您面对面地站着，我恐怕难以多说一个“不”字，因为没等我再说什么，您必定会打断我，冷冰冰地回应：是的，是的。

我的所作所为真是又平庸又笨拙。尽管嘲笑好了。一个游泳者练习从船桅上跳水，并在落水前翻几个筋斗，他邀请另一个人来学他的样儿，但见此人爬下绳梯，伸出一条腿，接着又伸出另一条腿，最后扑通一声跳进水里——好了，那么此时，第一位游泳者是怎么做的，我已无须探究了。一天，我离开了，我登上开往斯德哥尔摩的客船，走之前对她未置一词。我逃跑了，躲着每一个人。让天堂中的上帝帮她找到自己的解释吧！您见过她吗？那姑娘的名字我从未提起过，我没胆量写出她的名字，我的手会害怕得发抖。您见过她吗？[1]她脸色苍白，或者说不定死了？她难过吗？还是想出了某种解释来安慰自己？她走路依然那么轻快，还是低着头？她的行为举止有什么不对劲儿吗？仁慈的上帝，赐我以想象来补充这一切吧。她的唇是不是没了血色，那双唇我是多么渴慕，尽管我只允许自己吻她的手。[2]她是不是满面消沉，若有所思？从前她总是欢天喜地，像个孩子。回信吧。我求您。不，不要回信。我不想收到您的任何回信，我不想听到有关她的任何消息，我什么事也不信。我不相信任何人，甚至她本人。就是她亲自出现在我面前，比以前还快话，我也不会高兴。我不会相信她。我会觉得这是嘲弄我或安慰我的把戏。您见过她吗？不！我希望您没有斗胆去见她，或卷入我们的爱情故事。要是我碰巧发现了……！一旦姑娘遇到不幸，就会跑出一大堆贪婪的恶魔，想以此满足他们的心理饥渴，或杜撰小说。要是我敢冲出来该多好，至少让那些绿头苍蝇远离我的果实，对我来说，它的甜美胜过一切，看起来多么娇嫩、温柔，胜过成熟的桃子裹着华美的丝绒。

我现在在做什么？从头开始，然后再从后往前。我避开

1 克尔凯郭尔在第二次柏林之行中，曾给他的好友埃米尔·伯森去信询问蕾琪娜的情况。

2 此处原有一段文字，作者定稿时删除了："这吻在她手上开花，我热烈地吮吸花的甘甜，雷神托尔当年畅饮大海也不及我的激情，片刻间，这吻红得更深了，虽然好像我正从她的整个儿存在中吸取血液。"

每件能唤起回忆的外物，可是，无论白天黑夜，无论醒时还是梦中，它们总萦绕着我，不肯离去片刻。我从不唤她的名字，感谢命运使我误得了一个假名。毕竟有一个名字，我的名字，确实属于她。假如我能摆脱它该多好。我自己的名字就足以唤起我对桩桩件件事的回忆，似乎全部的生活仅仅是对过去的暗示。临行的前一天，我在《通讯》上看到："由于计划有变，出售黑纱料十五米。"我琢磨起初是什么计划，也许是做新娘礼服吧！要是我也能因计划有变，在报上出售我的名字该多好啊。假如一个大力的精灵取走我的名字，然后让它闪烁着不朽的荣耀而回赠给我，我一定会把它抛掉，抛得远远的，然后恳求一个最不起眼的、最平常的名字，如蓝衣孩子[1]14号。一个名字若不是我自己的，那它于我有何益，一个荣耀的名字对我又有何益，即便它是我的：

> 讨人喜欢的名声是个什么东西，
> 与那发自少女肺腑的爱的叹息比。[2]

我现在在做什么？白天迷迷糊糊地走动，晚上则彻夜不眠。我忙忙碌碌，辛苦劳作，是家居和家庭工业的典范。我

---

1 "蓝衣孩子"是用以称呼孤儿的，因为孤儿穿蓝衣服。

2 丹麦诗人斯塔菲尔特（Adam Wilhelm Schack v. Staffeldt，1769—1826）的诗句。

润湿手指，脚踩踏板，停住转轮，转动纺锤——我纺织。但是，待我晚上收起纺车时，纺车上空无一物，我织的东西哪儿去了，只有我的猫儿知道。虽然我勤奋、机敏又坚持不懈，但这一切是怎么回事？比起我来，卖泥炭者的表现简直是奇迹。总而言之，如果您想弄明白，如果您想了解我徒劳的努力，那就从精神上体会一下诗人的句子吧，看看它们与我的想法多么合拍，我只能说这么多了。

云儿四处飘零，
何等悲伤，心灰意冷，
它们俯冲而下，如它们所愿，
大地的子宫将做它们的坟茔。[1]

想必我无须再多说什么，更确切地说，我倒是需要您多说一些，清晰而机智地表达出我跌跌撞撞的想法，而我自己仅仅能狂乱地进行暗示。

如果我事无巨细逐一详述，这封信就会冗长至极，至少和糟糕的一年，或所谓的“毫无喜乐的”[2]日子一样长。但我

---

1 据研究者考证，出自德国诗人威廉·缪勒（Wilhelm Müller）的诗作《永远的犹太人》。

2 《旧约·传道书》12：1，“你趁着年幼，衰败的日子尚未来到，就是你所说，我毫无喜乐的那些年日未曾临近之先，当记念造你的主”。

仍享有一点优势；我可以在任何一个地方停下来，正如我可以在任何一个地方剪断我自己的纺线。以此，愿上帝保佑你！一个相信存在的人，自会得到保障，他总能遂愿，就像祈祷时拿无冠帽遮住面孔的人定会万无一失地藏起自己的感情。

先生！我深感荣幸等等。

是的，无论我会不会拥有这份荣幸。

我始终是

您的

忠诚的无名无姓的朋友

二

9月19日

我沉默的知己：

约伯！约伯！哦，约伯！那些美丽的词句，你真的只说了这些吗？“赏赐的是耶和华，收取的也是耶和华；耶和华的名是应当称颂的。”[1] 你没说别的吗？磨难之中你只是不断重复这些话吗？你为什么要沉默七天七夜呢？你心灵中发生了什么？当整个存在在你眼前崩塌，像破碎的陶片散在你身边，你是否立即就生出这超凡的沉着，你是否立即就有了这种爱的理解，这种欢欣的、无畏的信心与信念？你的门是否对悲痛欲绝的人紧闭，他无法指望从你那儿得到任何别的安慰，只有这可怜的尘世智慧宣讲着生之完美？此外，你还知道说些别的吗？你敢不敢说点别的什么，不只是内行的安慰者为个体按量分配的那点儿可怜的东西，像仪式上正规的宗教导师一样，内行的安慰者为个体规定好那点儿东西，以便在恰当的时刻用上：“赏赐的是耶和华，收取的也是耶和华；耶和华的名是应当称颂的”——不多也不少，就像有人打喷嚏他们就说：“上帝保佑你！”不，正值盛年的你是困苦人的宝剑，老人的拐杖，伤心人的支撑，即使一切都垮

1 《旧约·约伯记》1：21。

了，你也不会让人失望——你成了受难者的声音，伤心者的呼喊，恐惧者的尖叫，你是所有默默承受折磨者的救星，你是一切心灵中的苦难和伤害的忠实的见证人，你是敢于悲叹“我灵愁苦”[1]，敢于同上帝抗争的忠诚的代言人。这为什么要保密？愿此辈遭殃，他们侵吞、骗取孤儿寡母的遗产。[2]愿此辈遭殃，他们让悲伤者宣泄悲伤，同上帝争论[3]，以狡猾地从悲伤者片刻的安慰中骗取悲伤。或者，是不是今天对上帝的畏惧太深，所以，悲伤不需要从前的日子惯常需要的东西？也许我们不敢向上帝抱怨了？是不是对上帝的畏惧加深了——或是畏惧加怯懦？在我们这个时代，人们认为悲伤的真诚表现，激情的绝望言语，一定要托付给诗人，于是，诗人们像下级法院里的律师一样，在怜悯人类的法庭面前，为受难案[4]辩护。谁也不敢再向前迈一步。那么，难以忘怀的约伯，响亮地说吧，把你说的一切再重复一遍，你这位强有力的代言人，像一头咆哮的雄狮，无所畏惧地出现在至高无上的法庭面前！你的话简洁有力，把对上帝的畏惧存于心中，即便在你抱怨的时候，即便在你在朋友面前为自己的绝

1 《旧约·约伯记》7: 11。

2 《旧约·约伯记》29: 12—13，又见《新约·马太福音》23: 14。

3 《旧约·约伯记》9: 3，33: 13。

4 指耶稣基督为拯救人类而代人类赎罪上十字架而死的大事件。

望辩护的时候——他们像拦路抢劫的强盗扑向你，用言辞攻击你；即便在你被朋友激怒的时候——你把他们的智慧踩个粉碎，蔑视他们为耶和华辩护，就好像他不过是一位老朽的法庭官员或一个在政治上很精明的政府官员。我需要你，你知道如何大声抱怨，使你的声音传入天堂，在那里，上帝正跟撒旦高谈，拟就一份对付人类的计划[1]。抱怨——耶和华并不害怕，他肯定能为自己辩护。但是，当谁也不敢以人的本来身份去抱怨时，他怎么来为自己辩护呢？大胆地说吧，大点儿声，说得响亮些。要知道，上帝能说得更响亮，他毕竟拥有雷鸣[2]，雷鸣也是一种反应，一种解释，是值得依赖的，它忠实、原始，它是来自上帝自身的回答，即使它把一个人击碎，它的荣耀也远胜过那些诋毁神圣统治的公正的牢骚与流言，人类的智慧发明了这些，然后被老妇人和一小撮男人散布开去。

我永远难忘的恩人，受苦受难的约伯啊！我有没有胆量加入追随你的行列？愿我听见你的声音吧！不要推开我，我并非假惺惺地站在你的炉边。我的眼泪不是虚伪的，即便我做不了什么，只能陪你一同哭泣。正如喜悦者寻找喜悦，

---

1 《旧约·约伯记》1：6—12，2：1—6。

2 《旧约·约伯记》37：4，38：1，40：6。《重复》中的雷鸣、风暴是低级的感性宗教的征兆；较之更高级的是《恐惧与颤栗》中的“凭借荒诞的德性”，那是一种明显不可能存在的超验可能性。

分享喜悦，即使最令他喜悦的是栖居于内心的喜悦；同样，悲伤的人寻找悲伤。虽然我在世上没什么财产，更没有七子三女[1]，但一个几乎一无所有的人其实也可以丧失一切，一个人丧失了所爱，他在某种意义上就丧失了儿女，而一个人丧失了荣誉、骄傲以及生活的意义与生机，他在某种意义上也就等于周身生了毒疮[2]。

您的

无名无姓的朋友

1 《旧约·约伯记》1：2。约伯生了七个儿子、三个女儿。

2 《旧约·约伯记》2：7。

三

10月11日

我沉默的知己：

我已山穷水尽。我厌恶生活，它淡而无味，既无盐分，亦无意义。就算比小丑皮埃罗[1]还要饿，我也不会去吞食人们提供的解释。人们总是用指头蘸一蘸土地，闻一闻自己身在何乡，我也用指头蘸一蘸世界，却闻不出任何气味。我在哪儿？所谓“世界”是指什么？这个词什么意思？是谁把我骗到这般境地，使我呆站在这儿？我是谁？我是怎么跑到这个世界上来的？为什么没有人先问问我，为什么没人把规则和章程告诉我，只是把我扔进人类的行列里，好像我是从人贩子手里买来的？这项叫作“现实”的大事业，我是怎么卷进来的？我为什么该卷进来？这是一桩可自行选择的事吗？如果我是被迫卷进来的，那么操纵者在哪儿？我对此有话要说。没有操纵者吗？我该向谁去抱怨呢？毕竟，生活是一场辩论，我可不可以要求我的发言被考虑一下？假如一个人不得不就此接受生活，那么，把事情的来龙去脉弄个明白不是再好不过吗？一个骗子？这是什么意思？西塞罗不是说过吗？可以问问他，此事“对谁

1 皮埃罗（Pierrot）：法国哑剧中的定型人物，男丑角，一般穿白短褂，涂白脸，头戴尖顶帽。

有好处”，从而揭穿他的真面目。[1]任何人都会问我，我也会问任何人：使我自己和一位姑娘遭受不幸，我是否得到了什么好处？“罪过”是什么意思？是中了魔法吗？一个人何以犯下罪过，能确切地知晓吗？没有人回答我吗？对所有卷进来的绅士而言，难道这不是至关重要的吗？

我的理智麻木了，或者更确切地说，我正在失去理智。我一会儿没精打采，简直可以说冷漠得像个死人，可一会儿又暴跳如雷，不顾一切地从世界这一头冲到世界那一头，想找到一个人，发泄怒火。我的整个存在因自我冲突而发出尖叫声。我是怎么犯下罪过的？我是不是没有什么罪过？那么，为什么每种语言都说我有罪呢？人类语言是何种不幸的发明，说的是这个，指的却是那个？

我遭遇了什么？这不正是从天而降的事件吗？我岂能料到我的整个存在将经历某种变化，我会成为另一个人？难道是深藏在我心灵中的某样东西突然爆发？可是，假如它藏得太深，我怎么能预料得到呢？不过，假如我预料不到，那么我肯定是无辜的。假如我当时精神崩溃，岂能说我有罪呢？所谓人类的语言是何种拙劣的行话，只有小圈子能懂？那些不说话的事物从不谈论这等事，难道它们不更明智些吗？

1 西塞罗（公元前106—公元前43），古罗马政治家、演说家和哲学家，此处见他的《为罗西乌斯辩护》。

我不忠诚吗？假如她继续爱我，绝不爱别人，那她就是忠诚于我；假如我想继续爱她一人，我就是不忠诚的？其实，我们做的是同一件事，那么，为什么我用欺骗来表达我的忠诚，我就成了一个骗子？为什么她是对的而我是错的呢？如果我们都是忠诚的，为什么用人类的语言要这样表达：她是忠诚的，而我是一个骗子？

即使全世界都起而反对我，即使所有的学究都反驳我，我依然是对的。谁都休想夺走这一事实，即使我找不到任何语言把它说出来。我做得没错。我的爱无法以婚姻加以表达，如果我那么做，就会摧毁她。也许婚姻对她是一种诱惑。对此我无能为力，它于我也是一种诱惑。一旦此事成为现实，一切都失去，那就太迟了。这个现实，她在其中想必有她的意义，对我来说不过是一个影子，这个影子一路小跑，追随着我的本质的精神现实，始终不离左右，它时而令我发笑，时而令人不安地想闯进我的存在。它将终结于我的摸索，就好像我要抓住一个影子，就像我朝一个影子把手伸出去。她的生活不会被毁掉吗？对我来说，她就如死了一般，是的，她好像在引诱我希望她死去。想象一下吧，我摧毁了她，让她灰飞烟灭，就在我想使她成为一种现实的那一瞬间，而不是别的什么时候；我使她待在真实的，尽管可能并不轻松的现实里，如果这样，那会如何呢？那么，语言会判我有罪，因为我应该预料到行为的后果。

是何种力量想剥夺我的荣誉、我的骄傲，而且以这样一种毫无意义的方式？我被抛弃了吗？无论我做什么，即使我什么也不做，我都注定有罪，注定是个骗子吗？

或者，我已经疯了吧？那么，最好把我锁起来，因为人们特别害怕疯狂的人和濒死的人说的话。发疯，这是什么意思？若要享受市民的尊敬，被视为理智之人，我得怎么做？为什么没人回答？如果谁能发明一个新词儿，我将给他合理的奖赏！我提出了非此即彼两种选择。有谁聪明过人，知道两种以上的选择？如果没有人知道，那么，说我疯了，说我不忠，说我是个骗子，而说那姑娘又忠诚又通情达理又受人尊重，肯定是胡说八道。或者说，我把开头部分弄得漂亮无比，就该受责备吗？谢谢！见她因被爱而欢喜，我便任由自己以及她所指向的一切事物屈从于色欲之爱的魔咒。我受到责备，是因为我能够这么做，还是因为我这么做了？

除了她和第三个因素，谁该受责备？谁也不知道第三个因素源于何处，但正是受到它的刺激，我才改变了自己。不管怎么说，我的所作所为在别人身上受到了赞美。或者说，成为诗人，是对我的补偿吗？我拒绝一切补偿，我要求我的权利，也就是我的荣誉。我并没要求成为诗人，我不愿用这个价格来买。或者说，若我确实犯下罪过，那我自然能够忏悔，让情况变好。请告诉我怎么做。更有甚者，这世界耍弄我就像孩子耍弄一只甲虫，难道我得为此忏悔吗？也许我最好把整件事忘个一干二净？忘记，确实，假如我忘记了，我也就停止了存在。否则，那将是何种生活？——如果我丧失了爱人，跟着又丧失了荣誉和骄傲，丧失得那么特别，几乎没人知道是怎样发生的，那么是什么缘故使我再也不能挽回它们？难道我允许自己就这样被推出去？那么，为什么我当时被推了进来？我从没有要求过啊。

哪怕那只靠面包和水过活的囚徒也比我幸福。从人的立场看，我的看法可以说是想象得出的最可怜的饮食，然而，若能以我的微小性所允许的最大可能的宏大规模继续下去，我便感到心满意足了。

我不跟人们交谈，不过，为了不跟他们终止一切交流，也为了不因他们的钱而送他们废话，我收集了相当多的诗歌、格言警句、谚语以及流芳百世的古希腊、古罗马作家的箴言。我还从孤儿院特许出版的巴勒的《教理问答》[1]上选出几条一流的引语，以补充我的文选。这样，如果有人问我什么，我

1 巴勒的《教理问答》是由丹麦教会历史学家巴勒（Nicolai Edinger Balle，1744—1816）编写的基督教读物。

就有现成的答案了。我既引用经典，也引用彼尔·德恩[1]的话，还引用巴勒的《教理问答》，作为额外奖励。“即使我们赢得了一切渴念的荣誉，我们也不应该任自己被骄傲与自命不凡冲昏头脑。”所以，我不欺骗任何人。是啊，世上能有几人总是满口真理或妙语啊。“通常，‘世界’这个词包含天地，以及大地间的万事万物。”

假如我确实说了点什么，我能得到什么？没有人理解我。我的痛苦与受难是无名的，恰如我自己也是无名的；尽管没有名字，然而，对你而言，我总归是个什么，且将始终是个什么吧。

您的忠诚的

1 路德维希·霍尔堡（Ludvig Holberg）创作的颇为流行的喜剧《伊拉斯谟·孟他努斯》中的一个人物。他是一位执事，无知但热心。一次，他以自己无与伦比的拉丁语提出了荒谬的问题，以此战胜了对手。

四

11月15日

我沉默的知己：

如果我没有约伯，我会怎样啊！他于我有多少重意义，各种意义间有多少细微差别，这是不可言喻的。我读他，不像人们用眼睛读别的书，可以说，我是把这本书放在我的心上，用心之眼读它，以超凡的眼力，以多种多样的方式，洞察其特殊性。就像小孩子把课本放在枕头底下，以确保早晨醒来，不忘记他的功课，我晚上也把这本书带到床上，与我形影不离。他的每一句话都是我那不幸的灵魂的食物、衣服和药物。瞧，他的一句话便使我从昏昏欲睡中振作起来，激起新的不安；瞧，它平息了我内心毫无结果的狂暴，止住了我的激情中那种喑哑的极度恶心。你真读过约伯吗？请读他吧，一遍又一遍地读他。在写给您的信中，我甚至没有勇气写下他发出的哪怕一句呼喊，尽管我非常乐意一遍遍地抄写他说过的每句话，时而用丹麦文，时而用拉丁文，时而用这种版式，时而用那种版式。抄好以后放在我生病的心上，就像上帝的手膏[1]。是啊，上帝把手放在谁的身上像放在约伯身上那样！但是，引用他的话，我却办不到。那等于想

1 上帝的手膏：一种传统的用于治疗伤风的药膏，这个特别的名字来自一种通常的看法，即治病的良药是从上帝的手中送来的礼物。

让我交出我本人的那一点点薪金，希望当着别人的面把他的话变成我自己的。独自一人时我就这么做,把一切盗为己有，但只要一有人走近，我立刻清醒地意识到：当老年人说话的时候，年轻人应该怎么做。

在整部《旧约》中，再没有另一个人能像约伯一样，具有如此多的人性的信心、胆量和希冀，其原因完全在于，约伯在任一方面都那么富于人性，因为他身处毗邻诗歌的交界地带。[1] 世上哪儿也找不出对悲痛之情的如此表达。菲罗克忒忒斯[2] 和他的悲痛算什么，他的悲痛始终是世俗的，并不能让诸神害怕。菲罗克忒忒斯的处境算什么，在约伯那里，观念始终处在运动之中。

原谅我说出一切，您毕竟是我的知己啊，而且您无法回答。若有任何人知道这些，我都会痛苦不堪。夜里，我会点亮所有的灯，让整个房子灯火通明。然后，我站起来高声朗读,几乎是喊叫他的某个段落。或者,我打开窗子,冲着世界，把他的话大声呼喊出来。如果约伯是诗歌中的人物，如果

1 作为对存在的一种人性解释，诗歌领域包围着约伯，他以伦理上的卓越为基础为自己辩护（《旧约·约伯记》32: 1,“因约伯自以为义”）,直到他超越诗歌，进入信仰领域（《旧约·约伯记》42: 6，“因此我厌恶自己，在尘土和炉灰中懊悔”）。因此，约伯处在诗歌与宗教的交界地带。

2 古希腊神话中的英雄，特洛伊战争中，菲罗克忒忒斯被蛇咬伤，同胞们遗弃了他，因为他们忍受不了他的痛苦，菲罗克忒忒斯的苦难达至人类的极限，但他不像约伯，没有尝试以信仰超越这个极限。

从没有任何人这样说过，我就会把他的话变成我自己的话，敢作敢当。我只能做到这些了，谁有约伯那样的雄辩之才，能把他说过的一切说得更好？

此书我尽管读了一遍又一遍，可字字句句仍像初读一般。每次打开书页，它总是新生的事物，或者在我心灵中变得崭新，仿佛初生。我像一个醉鬼似的，一点一滴地啜饮激情中的全部狂喜，直到烂醉，几乎不省人事。可与此同时，我总是心急火燎地冲它扑去，那份迫切的心情简直难以言喻。简言之，我的心灵扑向他的思想，扑向他的呼喊，比测深锤冲向海底还要快捷，比闪电冲向避雷针还要快捷，我的心灵就这样滑入其中，留在那里。

其余时间，我安宁多了。我什么也不读，我像古老的废墟一样坍塌下去，静观万物。那时，我就像一个小孩子，在屋里东摸摸西瞅瞅，要不就坐在角落里摆弄玩具。每当那时，我都有一种奇特的感觉，我无法理解大人们为何那么激动，我不明白他们在争论什么，而我又禁不住要听下去。于是我认为，是恶人给约伯带来了这一切悲痛，是他的朋友坐在那儿冲他叫嚷。于是我放声痛哭，一种对世界、生命、人类以及一切的一切的无尽恐惧，击碎了我的心灵。

然后，我清醒过来，竭尽全力，一心一意地再次高声朗读他的事迹。突然间，我说不出话来，什么也听不见，什么也看不见，隐约中觉得约伯坐在炉边，还有他的朋友，但谁都不说一句话。[1]可是，这沉默把全部的恐惧都藏在它里面，就像一个无人敢为之命名的秘密。

后来，沉默被打破[2]，约伯那备受折磨的灵魂爆发出强劲的呼号，那些话我都明白，我把它们变成我自己的。与此同时，我感觉到冲突，我对自己微笑，就像对一个把爸爸的衣服披在自己身上的孩子微笑。是啊，除了约伯，如果有谁说，“啊，要是一个人能像起诉朋友那样起诉上帝就好了”[3]，那么这不是什么可以对之微笑的事。焦虑依然向我袭来，仿佛我依然没有理解我终有一天会理解的事情，仿佛我读到的恐怖正在等候我，仿佛我读着读着就把它引到我自己身上了，就好比某人读到一种病，于是，就染上了这种病。

1 《旧约·约伯记》2：13。

2 《旧约·约伯记》3：1。

3 《旧约·约伯记》16：21，“愿人得与神辩白，如同人与朋友辩白一样”。

五

12 月 14 日

我沉默的知己：

凡事都有定期[1]，狂热劲儿过去了，眼下，我像是一个康复期的病人。

约伯的秘密，其生命力、其精髓、其观念，正在于无论发生了什么，他都是正确的。基于这个立场，他有资格作为全部人类言说的一个例外，他的锲而不舍和他的强大力量显示出他的权威和授权。对他而言，全部的人类解释不过是一种误解，就其与上帝的关系而言，他所有的烦恼仅在于一种诡辩，诚然，他自己解决不了，但他相信上帝能够解决。各种人身攻击式的论辩都冲他而来，但他无所畏惧地坚守自己的信念。他确信他跟上帝的关系是和睦的，他知道，在其存在的核心，他是清白的、纯洁的，在耶和华面前亦然，可是，整个世界都跟他作对。约伯的伟大在于他内心始终燃烧着自由的激情，这激情没有被错误的表达扼杀或平息。这种激情常常在类似的环境中遭到扼杀，胆怯与忧心忡忡使人禁不住觉得，自己受苦是因为自己有罪，可实际上根本不是这回事儿。当世界不断跟他作对时，他的心灵缺乏锲而不

1 《旧约·传道书》3: 1。

舍的精神，不能将其信念坚守到底。如果一个人相信，厄运降临到他的身上是因为他有罪，这可能十分合适、真实、谦卑，但这样的想法也可能是另一种情况，他含混地把上帝想象成一个暴君，草率地把上帝归入某种伦理的决定性因素，从而无意义地把上帝表述为这一类事物。约伯也没有走火入魔。在那种情况下，比如，一个人会承认上帝是正确的，尽管他相信自己是正确的一方。可以说，他想表明他爱上帝，即使上帝此刻正在考验这个爱上帝的人。[1]或者，由于上帝不能为了他而重塑世界，他将高贵地继续爱着上帝。这是一种走火入魔的激情，应给予特殊的心理疗治，无论它是为了防止更多的破坏而幽默地——姑且这么说——停止论辩，还是凭借情感力量，在傲慢的蔑视中达到高潮。

约伯始终坚持他是对的，其所作所为使他见证了高贵的、人性的、无畏的信心，它是人之为人的标志，它也显示出，人尽管脆弱，尽管如花草般飞速凋零[2]，但在自由方面，人仍有某种伟大性，仍有某种意识，上帝不能夺走，即便这本是他赐予的。而且，约伯如此坚持他的立场——在他身上显示出爱与希冀，显示出信念——这表明上帝必定为你解释

---

1 《旧约·创世记》22：1—2，"神要试验亚伯拉罕"，叫他把他的独子以撒杀了，献为燔祭，以考验他的信仰。

2 《旧约·以赛亚书》40：6—8，"凡有血气的尽都如草，他的美容都像野地的花。草必枯干，花必凋残，因为耶和华的气吹在其上"。

一切，只要你确能与他交谈。

朋友们让约伯应接不暇。他们之间的冲突是炼狱，他无论如何并没犯错的想法在此得以净化。假若他自身缺乏力量和坦诚，不能搅动他的良知，惊骇他的灵魂；假若他缺乏想象力，想不到为自己担忧，不担忧罪责与过错或许已悄悄进驻他核心的存在；那么，朋友们就会帮助他，旁敲侧击，无端指控，像妒忌的占卜杖，说不定能把藏在最深处的东西发掘出来。约伯的灾难是他们的主要论据，因而，在他们眼里，一切已成确定的事实。无疑，他们期待着约伯要么丧失理智，要么在苦恼中精疲力竭地倒下，无条件地投降。以利法、比勒达、琐法；还有尤其是以利户，在别人都疲惫不堪的时候，他重新振作精神，就约伯的灾难是一种惩罚作了种种说明，说他必须悔过，乞求宽恕，然后，一切又会好起来[1]。

在此期间，约伯牢牢抓住他的解释。他的立场好像一张许可证，使他跟世界和众人分开。有断言说，人无知无识，可约伯依然不放弃。他千方百计去影响他的朋友，他竭力唤起他们的同情（“可怜我”[2]），他的话语令他们震惊（“你们是编造谎言的”[3]）。全是徒劳。朋友们的反对使他的思想更

1 《旧约·约伯记》32：1—22。

2 《旧约·约伯记》19：21。

3 《旧约·约伯记》13：4。

加深入他的苦难，他愤怒的呼叫也更趋激越。但这并未影响他的朋友们，这并非问题的关键，他们虽然愿意承认他在受苦，他有理由呼喊“野驴有草岂能叫唤？”[1]，但他们坚持认为他必因此而得惩罚。

那么，该怎样解释约伯的立场呢？解释就是：整个过程是一场磨难。但这种解释带来一个新的难题，我自己将以如下的方式予以阐明。诚然，科学与学术在思考、解释生命现象和每个生命与上帝之间的关系。然而，这是一种什么性质的科学，竟为被定义为磨难的关系留有空间？这种磨难只为个体存在，如果从无限性来看，它根本不存在。这样的科学不存在，也不可能存在。而且，会出现这样一个问题：个体如何发现这是一场磨难呢？个体在脑子里哪怕有一点点关于生存的观念，或者有一丝存在的知觉，就不难发现，这事说起来比做起来快得多，说起来比完成起来快得多，或者说起来比坚持下去快得多。首先必须弄清楚此事与宇宙的种种联系，让它得到宗教洗礼和宗教命名，然后，人必站在伦理面前接受考验，最后才有这个表达：一场磨难。在此之前，个体显然不能凭借思想而存在。任何解释都有可能，而激情的大旋涡已开始旋转。只有那些肤浅的人能迅速完

1 《旧约 · 约伯记》6：5。

成这个任务，他们对以精神品格为依据的生活根本没有或仅有浮皮潦草的概念，只需半小时的阅读就准备接受安慰，如同许多哲学新手会轻率地得出肤浅的结论。

那么，约伯的伟大不在于他说过："赏赐的是耶和华，收取的也是耶和华；耶和华的名是应当称颂的。"事实上，这话只是他开头说的，后来并未重复。毋宁说，约伯的重要意义在于：信仰边界的争论在他身上决一死战，狂野的巨大反叛和激情的攻击力量在这里大展身手。

为此，虽然约伯不像信仰之英雄[1]那样带来镇静，但他确实提供了暂时的缓解。可以说，在上帝跟人之间的这场官司里，约伯代表人作了最有分量的辩护，这场漫长的、可怕的审判，以撒旦挑起上帝与约伯的不和开始，以整个事件成为一场磨难而告终。

"磨难"这个范畴不属于美学的、伦理的或教理的，它完全是超验的。只是作为一种有关磨难的知识，"这是一场磨难"，它才可以被归于教理之中。但是，知识一旦进入，磨难的弹性就会减损，这范畴实际上就成为另一个范畴了。此范畴是绝对超验的，它把人置于与上帝相对的、纯粹个人的关系之中，这种关系使人无法满足于任何间接的解释。

1　指亚伯拉罕，是《恐惧与颤栗》中的核心人物。

很多人随随便便地在各种场合使用这个范畴，就连燕麦粥烧煳了也顺口使用，这只表明他们根本没有领会它的意思。一个人若要对世界有成熟的把握，他得走一段相当漫长而曲折的道路。约伯正是如此，他坚定不移。以其坚定不移，他知道如何避开一切狡猾的道德遁词和诡计多端的伎俩[1]，从而证明其世界观的多重维度。约伯不是一位信仰的英雄，他以极度的痛苦使“磨难”这个范畴得以诞生，恰恰得之于他的成熟，而非得之于幼稚的即刻接受。

这个范畴很可能将现实整体定义为一种与永恒相关联的磨难，从而将其抵消，并悬置起来，我随即就发现了。但这一疑虑并没有占据上风，以致把我压垮，因为，磨难是一个暂时的范畴，不能脱离它跟时间的关系来界定它，若要废除它，也必然要在时间之中。

现在，我就理解到这个程度，既然我已让您参与了一切，我也就径自给您写了信。您知道，我对您没什么要求，只要您允许我始终是——

您的忠诚的

---

1 《新约·以弗所书》6：11，“要穿戴神所赐的全副军装，就能抵挡魔鬼的诡计”。

六

1月13日

我沉默的知己：

风暴收起怒颜，雷电消歇——约伯在人类面前受到指责——耶和华与约伯渐渐达成谅解，他们和好如初。上帝的信赖重新回到约伯的帐棚里，像从前一样。[1]人们渐渐理解了约伯。如今，他们靠近他，跟他一起吃面包，向他表示歉意，又安慰他，他的兄弟姐妹各送他一块银子和一个金环。约伯得到赐福，成倍地得到从前的一切[2]，这就叫作重复。

一场雷电多么有益啊！受上帝责罚多么有福啊！通常，一个遭受指责的人容易起而反抗；一旦受到上帝的审判，他便匍匐在地，他被爱包围，那爱想要教导他，于是他忘了痛苦。

谁能预料到这个结果？别的结果想象不出，这个结果也没想到。当万物安歇，当思想停止，当言语沉寂，当辩解无效——那时，必须有电闪雷鸣。谁能理解？而谁又能想出别的什么？

已证明约伯有错吗？是的，永远，审判他的法庭是至高

1 《旧约·约伯记》29:4—5，“那时我在帐棚中，神待我有密友之情；全能者仍与我同在”。

2 《旧约·约伯记》42:10—15。

无上的法庭。已证明约伯为义吗？是的，永远，通过“在上帝面前”证明他有错。[1]

所以，毕竟有重复。它何时发生？用任何人类语言都难以述说。在约伯那儿它是何时发生的？是当每一种可想象得到的人的确定性与可能性都不可能之时。他一点点地失去一切，希望亦随之渐渐消亡，因为现实对他提出越来越强烈的控诉，而不是与他和解。从当下来看，一切都在丧失。他的朋友，尤其是比勒达只想出一个办法，那便是屈从于惩罚，这样他或许才敢指望重复，达到兴旺盈满之境。[2]约伯不接受。于是，绳扣和缠网收紧了，只能由雷暴解开。

从这个故事里，我得到了难以言喻的安慰。我没有实施您那精妙的计划，这对于我难道不是一种幸运吗！就人性而言，这或许是我的懦弱，可如今，也许“掌权”可以更容易地帮我。

我唯一的遗憾是没请求姑娘给我以自由，我肯定她会给我自由的。[3]是啊，谁会利用姑娘的慷慨？可我其实不能为

1 在《非此即彼》第二卷中，克尔凯郭尔对这个问题有一大段议论。他说，如果一个人完全纯正，在上帝面前他总该有个更高的表述：他有错，因为没有人能透彻把握他的意识。

2 《旧约·约伯记》8：1—22。

3 这段文字是克尔凯郭尔得知蕾琪娜与约翰·弗雷德里克·施莱格尔缔结婚约之前写的。

之懊悔，我知道我做了我该做的，因为我太骄傲了，为了她的缘故。

如果没有约伯，我会怎样啊！我就此打住吧，免得我无尽的复沓让您不胜其烦。

您的忠诚的

七

2月17日

我沉默的知己：

我被关进去了。清白无辜，像贼常说的一样，或者听凭国王发落？[1] 我不知道。我只知道我被关在这里，不能离开半步。我站在这里。是头朝下还是脚朝下？我不知道。我只知道我正站立着，到如今已纹丝不动地站了整整一个月，没有迈过一步，也没有挪动一下。

我在等待雷电——还有重复。只要雷电能出现，我仍有幸福，仍会得到难以言喻的赐福，即使对我的判决是：根本不可能有重复。

这雷电会有什么效果？它会使我适于做一名丈夫。它会击碎我的整个人格，来吧，我准备好了。它会使我完全认不出自己来，可是，哪怕单脚站立，我也毫不动摇。我的荣誉会被挽回，我的骄傲会被赎回，无论雷电把我变成什么样，我仍旧希望对它的回忆将始终留在我心里，如取之不竭的慰藉，哪怕我经历了在某种程度上比自杀还可怕的事情；因为它会以完全不同的等级将我蹂躏，我仍然希望这回忆陪伴着我。假如雷电不出现，我会变得狡猾老练。我不会死去，

1 根据丹麦的旧法律，如果判死刑太重，罪犯可以在狱中再待一段时间，是否处死要看他的表现，或者别的因素的介入。

根本不会，但我会假装死了，好让我的亲戚朋友把我埋葬。当他们把我放进我的小棺材，我会神不知鬼不觉地藏起我的期待。无人知晓此事，因为人们十分谨慎，不会掩埋尚有一息生气的人。

在其他方面，我正尽力使自己变成一个丈夫。我坐下来修剪自己，为了像一个丈夫而去除一切不相称的东西。每天早晨，我都丢弃我心灵中全部的热望与无限的奋争，但枉费心机，一天之后，它们又回到原处。每天早晨，我都刮掉我那荒唐可笑的胡须，但全无用处，过了一天，我的胡须照样那么长。我召回自己，像银行为了让新币流通而回收旧币一样，但没有用。我把我全部丰富的思想，我的各种抵押契据都换成婚姻的零用钱，哎！哎！换成这种钱币后，我的财产实在太少。

但是，我得简练一点，我的地位和处境不允许我多言多语。

您的忠诚的

康斯坦丁·康斯坦提乌斯的附带评论

尽管很久以前我就摒弃了这个世界，也摒弃了一切理论空谈，可我无法否认，我对这个年轻人的兴趣使我多少偏离了我的钟摆式的生活节律。不难看出，他误解甚深。一种误置的、忧郁的高尚品格令他备受折磨，诗人的大脑是这品格唯一的家园。他正等待一场雷电，那雷电想必会将他变成一个丈夫，或许叫他神志失常。全颠倒了。实际上，他属于那种大喊“全体，向后转!”的人，而非自己转向的人。也可以换一种说法：这姑娘必须走开。我自己如果不是太老，我会很乐意把她带走，只是为了帮帮此人而已。

他庆幸自己没有实施我那“精妙的”计划。他就是这样。到如今他仍不明白那是唯一正确之举！跟他纠缠永远也纠缠不清，我很庆幸他不希望得到答复，因为跟一个手中握有王牌的人通信一定很可笑，他的王牌便是雷电。要是他有我这种明智就好了。别的我不说了。如果他所期待的能够到来，他想给它一个宗教的表述，那是他的事儿，我对此并无异议。但是，做事遵循人的睿智的指引，总还值得赞许吧。我本可以成为这样一个人——本可以对那姑娘有所帮助。如今，让她忘记他大概会难上加难了。麻烦在于，她未能达到尖叫的地步。尖叫是必需的，这大有好处，这就好比受了擦伤最好流血。必须允许姑娘尖叫，以后她就没什么可以尖叫的了，转眼就会弃之脑后。[1]

他没有采纳我的建议，如今她很可能陷入悲伤。我颇能理解，这对于他是一场真正的灾难。如果有位姑娘始终不嫁，对我忠贞不渝，我会惧怕她，胜过世上的一切，就算自由对暴君的惧怕，也抵不上我对她的惧怕。她会令我烦恼不休，像一颗疼痛的牙齿缠着我不放。她会令我烦恼不休，因为她会成为一种理想形象，而我太骄傲，一旦事情临头，我会无法忍受：居然有人比我情感更强烈、更持久。如果她始终站立在这理想的峰顶，我便不得不承认，我的生活并非大步向

1 原文有一段文字，定稿时删掉："如果木已成舟，你要做的就只有趁热打铁。当一个姑娘摆脱了一桩可能会令她付出生命的恋爱，此时是她最可能开始一桩新的恋爱的时候。如果有人此时能保证让一个男人投入她的怀抱，她一定会接受他，即使他在枪支店里买了武器。"

前，而是原地安歇。定会有人受不了她从他那里敲诈出来的、痛苦的爱慕，这个人会妒忌她，竟至于想方设法把她拉下峰顶，也就是，跟她结婚。

假如她说——正如人们常常说的、写的、印的、读的、忘记的和重复的——“现在我承认，我一直爱着你”（“现在”，尽管她以前或许说过不下百遍），“我爱你胜过爱上帝”（这不是说一点点……但也不是很多，在我们这个上帝惧怕的时代，惧怕上帝甚至可能是很罕见的现象），他听了大概不会有什么不安。理想的做法不是死于悲伤，而是尽可能保持健康和幸福，但也要保全情感。能够占有另一个人不是什么伟大的事。这是怯懦，是一种十分简单、平民化的招数，只有资产阶级才会对此警觉。对生活持有艺术眼光的人不难看出，那是一个无法挽回的过错，即使结婚七次也挽回不了。

而且，他懊悔没向她请求自由，与其这样，他倒不如省去这个麻烦，因为就算他那样做了，也不会有什么大用处。把人类的一切可能性都想到了，他也不过给她提供了用以攻击他的更多的炮弹，因为，请求自由实际上不同于为了给姑娘恩惠而把她称为他的缪斯。这里，我们又看出他是一个诗人了。诗人似乎天生就是为姑娘当傻瓜的。如果一位姑娘当面愚弄他，他会觉得这是她的慷慨，他可能反过来觉得自己很幸运，他还从未经历过类似的事情呢。于是，她大概会认认真真地做些事情了。她不仅会在色欲之爱的小乘法表上小试牛刀，这是允许的，没有越出她的权限；而且也会在婚姻这个大乘法表上一显身手。她一定把上帝拉来为她担保，祈求一切神圣之物的保佑，扣留一切能驻留其心的珍贵回忆。在这方面，一有机会，姑娘们一个个都会毫不害羞地使用连勾引家也不愿使用的骗术。一个人若是依靠上帝相助在色欲王国游刃有余，或为了上帝而希望被爱，他就不再是他自己了，他试图比天国还强大，比个人的永恒得救还重要。[1]如果姑娘这么责备他，他或许会铭记在心，永难摆脱，也许他的骑士精神太强，听不进我提出的任何合情合理的建议，一味听信她的呐喊，觉得呐喊声发自肺腑，像守护永恒真理一样守护它。假如后来事实证明那不过是一种虚张声势，一种小小的即兴抒情，一种感情游移，那好，他那慷慨的想法或许在这儿又能帮他一把。[2]

我的朋友是个诗人，这种对女人的浪漫信仰是与生俱有的。恕我直言，我得说我是散文家。关于另一种性别，我有我个人的见解，或者更确切地说，我毫无见解，因为我极少

---

1 原有一段文字挖苦不忠的女子，定稿时删掉："为年轻人考虑，这样的姑娘应该仅仅靠一颗黑牙来辨认，不，她的整张脸都应该是绿色的。但这或许要求太过，那样，一定会有不少绿姑娘。"

2 原有一段文字，定稿时删掉："免得他使自己的生活陷入悲喜交加之中，不得不对另一个人感恩戴德，仅仅因为那个人拥有更强大的力量，可以完全错怪他。"

见到有哪一位姑娘的生活能用某个范畴来把握。女人通常缺乏羡慕某人或藐视某人所必需的一贯性。女人骗别人之前先骗自己，因此根本不存在什么标准。[1]

终有一天我的年轻朋友会大彻大悟。我对他的雷电没多大信心，我相信，如果他听从我的建议，肯定不会出差错。在这年轻人的爱情里，观念在运动，所以我才被他吸引。我的计划正是以观念为标准，它是这个世界上最为可靠的计划。如果一个人在生活中留心于此，谁若想骗他，反而会受到他的愚弄。观念若是成功，依我之见，他得感谢他的所爱和他本人。如果她有能力以那样的风范来生活——除了人的心性，这里不需要任何超凡能力——那么，就在他刚一离开她的瞬间，她就会自言自语："不管他是不是骗子，无论他回不回来，我跟他再没有什么关系了。我要保存的是我自己的理想之爱，当然，我也知道如何珍惜我的荣誉。"她若这样行事，我朋友的处境必定痛苦不堪，他会终身陷入因同情而起的痛苦与悲伤之中。但假如一边悲痛，一边仍对

1 原有一段文字，定稿时删掉："因此，甚至无法瞧不起她们。假如我突然觉得自己是个说谎者、杀人犯，对，是个伪君子，我仍不会陷入悲伤，我仍会充满希望，等待悔过的那一天。但是，一旦我对自己嘻嘻哈哈起来，一旦我发现我的情感实质上是那么蠢，我相信我会羞愧万分，乃至羞死。如果我在生活中碰到一个伪君子，我会跟诗人所说的脚踩蛇身的硬汉子一样对他心怀蔑视，真的心怀蔑视，不折不扣。然而，如果我看到某位姑娘，虽非伪君子，却刚刚信誓旦旦地说她坚守自己的信念，不一会儿又信上别的东西，那简直像吃了一大口刚刚搅好却忘了加盐的黄油一样。"

情人满含渴慕，并因此心生喜悦，这样的悲痛，有谁会忍受不了呢？跟她的生活一样，他的生活也会走向停止，但这停止有如潮水被音乐的力量所吸引而静止不动。假如她不能以这种观念来调控她的生活，那么，问题的关键就出现了，由于痛苦，他不会干涉她采用另一种方式前行。

年轻人的来信

（5月31日）

5月31日

我沉默的知己：

她结婚了，跟谁，我不知道，我在报上见到这条消息，简直惊得目瞪口呆，我扔掉手中的报纸，再也没有耐性去查对详情。我又成了我自己。这下，我拥有了重复；我洞悉一切，对我来说，生活不曾如此美好。此事来得真像一场雷电，虽然它的到来得之于她的慷慨，我有欠于她。无论她选择了谁——我根本用不着“合适”一词，因为就做丈夫的能力而言，任何人都比我更合适——这无疑是她对我表示的一种慷慨。哪怕他是世上最英俊的男子，是魅力的缩影，能迷住任何一个女人，哪怕她因答应了他而令全天下的女人个个陷入绝望，她的所作所为仍是慷慨的，只要把我彻底忘记就行。真的，世上有哪种美好能比得上女性的慷慨。任那尘世的美貌日渐消损，任她的双眸暗淡无光，任她亭亭的身段随岁月弯曲，任她卷曲的秀发被素朴的头巾遮盖而失去诱人的魔力，任她那让世界俯首帖耳的威严目光只以温柔的母爱呵护她身边的那群小家伙——一个如此慷慨的姑娘绝不会苍老。让存在回报她吧，一如既往，把她更爱的东西赐给她，也把我更爱的东西——我自己——赐给我吧，通过她的慷慨。

我又成了我自己，我又拥有了这个“自己”，就算扔在路边，别人也不会捡拾。我存在中的分裂愈合了，我重归统一。我的骄傲所维系、所滋养的同情的焦虑，再也不来撕裂我、打扰我了。

那么，不存在重复吗？难道我未使从前的所有加倍吗？难道我没有重获我自己，并或许恰恰因此拥有了双倍的意义？跟这种重复相比，那尘世的财物的重复（对精神的资格漠不关心），又算得了什么？在约伯重获的一切中，唯有他的儿女未得加倍[1]，因为人的生命无法以这种方式加倍重获。这里，唯有精神的重复是可能的，即便它不如永恒中的重复

1 《旧约·约伯记》1：2，42：10—13。

那么完美，永恒中的重复才是真正的重复。

我又成了我自己，机器已经开动。令我身陷其中的诱骗已裂成碎片；曾蛊惑我，使我无法回归自我的魔咒已然被打破。再没有人举手反对我。我的解放获得确保；我诞生为我自己，因为，只要厄勒梯亚[1]双手合拢，分娩者就不能生产。

事情过去了。我的小帆船漂流着，不一会儿就会抵达心向往之的地方；那里，各种观念狂野地泛着泡沫，各种思绪喧嚣不绝，像众民族纷纷迁徙；那里，平时总是一片沉寂，像太平洋深深的静默，你甚至能听见自己的说话声，即使这行动只发生在你内部的存在中；那里，每一个瞬间都在以生命作赌注，每一个瞬间都在失去生命，而后又找回生命。

我属于这观念，它召唤我，我便跟随；它约好日期，我便日夜守候，没人叫我去赴宴，没人等我进午餐。每当它召唤我，我便放弃一切，或者更确切地说，我没有什么可以放弃。我不欺骗任何人，对它忠心耿耿不会伤着任何人的心；我的精神不会因为我不得不令别人难过而难过。我回到家里，没人审视我的脸，没人质问我的行为。没有人从我的存在中哄骗出某种解释，我本人也无法向别人提供，无论我欢天喜地，还是孤寂沮丧，无论是赢得生命还是失去生命。

---

1 厄勒梯亚，神话中的生育女神。在造型艺术中，她是一位少妇，头顶斗篷，袒露胳膊，手持象征新生命的火焰。

陶醉的酒杯又递到我手中，我已吸到它的芳香，已感觉到它咕咕的音乐，但是，第一杯酒应该献给她，她挽救了一个绝望与孤独中的灵魂：我赞美你，女性的慷慨！为飞翔的思想，连干三杯，为生命冒死服侍观念，连干三杯，为战斗的艰辛，连干三杯，为欢庆胜利，连干三杯，为起舞于无限之旋涡，连干三杯，为汹涌的浪尖把我隐匿于深渊，连十三杯，再干三杯，为汹涌的浪尖把我抛入星空！

给

×××先生

本书的真正读者

康斯坦丁·康斯坦提乌斯的总结信

哥本哈根，1843 年 8 月[1]

我亲爱的读者：

原谅我这么亲近地称呼你，但话说回来，我们本来就自成一体。虽然你确系虚构，但是，对我而言，你无论如何不是一个复数，你就是你这个人，因此，我们就是你和我。

如果一位读者读某本书是出于某个与该书无关的表面理由，他就不是一名真正的读者，按照这个假定，真正的读者或许就所剩无几了，那些拥有庞大读者群的作者也概莫能外。在我们这个时代，"当个好读者是一门艺术"这个想法，

1 原为"7 月"，定稿时改为"8 月"。

显得稀奇古怪，谁想把时间浪费在这个想法上，更别说花时间去践行了。当然，依我之见，这悲哀的状况对某一类作者会起作用，这类作者十分恰当地与亚历山大的克雷芒[1]为伴，以异教徒根本无从理解的方式写作。

一位喜欢寻根究底的女读者，无论从床头柜上拿起哪本书，总要翻到结尾，看看有情人是否终成眷属，那么，她一定会大失所望了，因为，一对恋人确实彼此拥有，但我的朋友，一位男性，却未曾拥有任何人。很明显，事情的结果并非缘于无关紧要的巧合，所以，对于男人追猎的可婚配的姑娘们来说，这件事就变得有些严重了，她们看到，只因不得不勾掉某个男子，她们的前程就暗淡了几分。某位忧心忡忡的一家之长或许担心他的儿子会跟我朋友一样，这位家长觉得本书留给读者的印象太不协调，因为它并不是一套现成的制服，可以合身地穿在任何一个火枪手身上。某个一时的天才或许会发现这个特例纯是自讨麻烦，把这事儿看得过于严重。某个爱好交际的居家朋友欲在书中寻找对空洞乏味的日常琐事的美化，对茶余饭后的闲言碎语的颂扬，那他肯定徒劳了一场。某个精力充沛、捍卫现实的人或许会觉得，整个事情从头至尾都在绕着虚无打转。某位经验丰富的媒婆会认

1　亚历山大的克雷芒（Clement of Alexandria，150—211 至 215 之间），基督教神学家，用寓言写作，令未入教者无法理解。

为本书写失败了，因为她极想瞧瞧那姑娘的模样，她觉得能“给这样一种男人带来幸福”的姑娘，必定存在或至少存在过吧，这样她才会感到心满意足。受人尊敬的牧师先生会断言本书包含太多的哲学，他的精神之眼会在里面徒劳地找寻公众所需之物，真正的反思性，我们这个时代尤为需要它。我亲爱的读者，我们两人之间当然可以如此这般地议论一番，无疑，你已意识到，我并不认为所有这些看法真会被提出来，因为本书的读者不会太多。

本书可以给某位普通的评论家提供一个机会，他可以详细阐述这不是喜剧，不是悲剧，不是长篇小说，不是短篇小说，不是史诗或格言警句。他会觉得如果谁徒劳无益地想说出个一二三[1]来，是不可原谅的。他还会觉得，要在本书中理解运动过程太不容易，因为它是逆向的；而且，本书的写作目的他也不感兴趣，因为评论家解释生存的那种方式通常已废除了普遍与特殊[2]。尤其是，要求一位普通的评论家对辩证法的斗争感兴趣，那也太为过分，在这场斗争中，特例从普遍中冒出来，经过旷日持久、错综复杂的历程，拼出一条血路，确立了自身的合法地位，那不合法的特例恰恰因为试图绕过普遍而被认出来。这场斗争具有强烈的辩证法色彩，

1　这是对黑格尔的“肯定，否定，和解”的辩证模式的讥讽。

2　这句话以及接下来的讨论是对黑格尔不惜牺牲个体性而强调普遍性的攻击。

充满了无尽的细微差别；它要求在普遍的辩证运动中预设一种绝对的果断，在仿效运动时要求速度，一句话，这跟杀死某人并留其性命一样困难。一边是特例，一边是普遍，这场搏斗来自这样一个冲突：普遍对特例的骚扰感到愤怒、忍无可忍，同时又偏爱特例，为之着迷，总而言之，正像天堂更欢喜一个悔改的罪人而不是另外九十九个义人，普遍也是这样欢喜着特例；另一方面，还要抗击着特例的反叛和不驯，软弱和病态。这事整个儿就是一场角力，普遍跟特例决裂，在冲突中与之交手，通过搏斗使之强大。假如特例经受不住这种痛苦的过程，普遍也无能为力，就像上天无法帮助一个不能忍受悔过之苦的罪人。精力充沛、行为果断的特例维系着自己的生命，虽然与普遍相冲突，却仍是其后裔。它们的关系如下：特例以它思考自己的方式思考普遍，以它为自己工作的方式为普遍工作，以它解释自己的方式解释普遍。因此，特例既解释普遍也解释自己，如果你真想研究普遍，你只需要往四周瞧瞧，找到一个合法的特例；它揭示万物比普遍本身揭示得更清楚。合法的特例跟普遍达成和解；普遍总喜欢跟特例争辩，可以说，在特例迫使它去承认其偏好之前，它不会泄露这个秘密。特例不具备这种能力，也就不能被合法化，为此，普遍非常明智，不让任何东西被人过早地发现。如果上天爱一个罪人胜于爱九十九个义人，这罪人起初当然不知道，相反，他只是始终感到上天在发怒，到最后，可谓迫使上天吐露实情。

渐渐地，人们开始厌倦讨论普遍，它已经被重复到令人生厌的地步，乏味至极。特例是存在的。假如特列不能被解释，那么普遍也不能被解释。通常，这麻烦是难以察觉的，因为人们不是满怀激情地思考普遍，而是惬意地、浅尝辄止地思考一下。然而，特例对普遍的思考总是激情饱满。

这样一来，就会产生一种新的等级秩序，于是，可怜的特例，只要有一点点能耐，就会再次享有恩惠与荣耀，像童话中遭继母冷待的小姑娘一样。

这样的特例便是诗人，诗人构成一种过渡，向真正的贵族的特例和宗教的特例过渡。一般说来，诗人是特例。人们通常喜欢这样的人及其作品。因此，我觉得把这样一个人带入存在，值得我不辞辛苦。我没别的能耐，至多能想象出一个诗人，通过我的大脑把他生产出来。我本人做不了诗人，就我的情形而言，我的兴趣不在于此。我的工作仅限于美学与心理学方面。我投身其中，如果你看仔细些，我亲爱的读者，你一定不难看出，我不过是一个乐于助人的精灵，远不是那个年轻人所害怕的、对他无动于衷的人。这是我有意激发的误解，为了让他畅所欲言。我的每一个动作都是为了让他开窍；他始终在我心上；我的每句话，无论是腹语还是言说，都与他相关。即便是那些看似无足轻重的逗趣或无礼之辞，也包含对他的体贴；即使以阴郁告终，那也是在暗示他，暗示他的心态。因此，一切动作都是纯抒情的，我的字字句句都隐约地指向他，有助于更好地理解他。为了他，我真是尽我所能，就像此刻，为了尽力帮助你，亲爱的读者，我再一次扮演起另一个角色。

诗人的生活始于斗争，与整个生命的斗争。问题的关键是找到一种确信或正当性，因为他必定输掉这最初的斗争，如果他想即刻赢，他便失去了正当性。如今，我的诗人恰好在被生活赦免的时刻找到了正当性，那一刻，在某种意义上他正想毁掉自己。现在，他的灵魂获得了宗教的响应。这才是真正维系他的东西，尽管它绝不会实现突破，在最后那封信中，他那激情洋溢的快乐，便是这方面的例证，毫无疑问，这快乐源于一种宗教情绪，不管怎样，它始终是一种内在的东西。他把一种他无法解释的宗教情绪作为秘密隐藏起来，而与此同时，这个秘密帮助他诗意地解释现实。他以重复解释普遍，可他自己却以另一种方式理解重复，尽管现实变为重复，可对他而言，重复是其意识的指数级提升。他经历了一场本质上属于诗人的爱情，但又是一种似是而非的爱情：既幸福又不幸，既是喜剧的又是悲剧的。就姑娘而言，一切都可能是喜剧的，既然当初他为同情所打动，那么，他的痛苦在很大程度上来自他的爱人的痛苦。如果在这一点上他被人误解，则宣告了喜剧。如果他转向他自己，便诞生了悲剧，正如他在另一种意义上把他的所爱理想化了。整个恋爱过程被他维持在一种理想状态，无论他怎么说，它终归是一种心境，缺乏事实性。不过，他倒有一种意识的事实，或者更确切地说，他没有什么意识的事实，而有一种辩证的弹性，这使他的情绪活跃起来。这活跃性成为他外在的一面，但他仍被某种不可言喻的宗教之物支持着。在早期的书信里，尤其是其中的几封，其行动十分接近于一种真正的宗教的解决，但是，就在暂时的悬置结束的时刻，他又成为他自己，仅仅作为诗人，作为宗教的创始人，也就是说，作为一种不可言喻的根基。

假如他有更深厚的宗教背景，他就不会成为诗人。那么，一切都会获得宗教的意义。他身陷其中的处境会为他赢得意义，而冲突会来自更高层次，他也会拥有一种截然不同的权威，尽管可能要以更痛苦的磨难来换取。那样，他会以一种全然不同的坚韧与沉着行事，他会赢得一种意识的事实，那是他可以始终抓住不放的东西，在他眼里，它绝不会变得模棱两可，只能变得无上严肃，因为它是他建立起来的，它的基础与上帝有关。顿时，整个限度问题会成为一桩无关紧要的事情；在更深刻的意义上，现实本身对他也无足轻重了。

那样，他一定会从其处境中宗教式地排除一切可怕的后果。如果现实呈现出别一番模样，他不会有什么本质上的变化，他将要承受的恐惧不会多于他已承受的恐惧，哪怕出现最糟的情况。那么，带着宗教的恐惧与颤栗，也带着信仰与希冀，他就会理解他最初所做的事情，以及随之而来迫于义务必须要做的事情，即便这种义务导致了奇特的后果。然而，恰恰因为那年轻人秉有诗人的特性，他注定不能真正领悟他的所作所为，仅仅因为他既想看个明白，又不想在外部与可见之处看个明白；或者，想在外部与可见之处看个明白，于是，他既想看明白又不想看明白。然而，一个宗教的个体在内部是镇定自若的，他拒绝现实的一切孩子式的小把戏。

我亲爱的读者，现在你能明白我为什么对那年轻人感兴趣了，因为我正在消逝，我跟他的关系就好比接生婆跟孩子一样。实情如此，可以说，我已将他接生出来，作为长者，我以发言人的身份行事。我的人格是意识的一个预设，它必须到场，以逼他出来，可是，我的人格绝不能获得他获得的东西，因为他诞生于其中的原始状态是另一种因素。他从一开始就受到很好的照顾，尽管我得常常逗引他，好让他自己冒出来。第一眼我就看出他是诗人，没有别的原因，单单因为这样一个事实：平常之人处之泰然的遭遇，在他那里却被放大为一个世界性事件。

虽然说话的常常是我，但是，你，我亲爱的读者——称你“亲爱的”，因为你懂得种种内在的心理状态和情感——你在每一页上总能读到他。你会明白各式各样的过渡，尽管有时你有点纳闷，怎么会突然间来了一阵情绪，像一场淋浴，但随后你会明白，一切如何以不同的方式彼此适应，一种情绪适应另一种情绪，于是，特定的情绪得以恰到好处，这里，抒情是多么重要啊！有时，你可能被某句明显无意义的俏皮话或无根据的蔑视语搞得心烦意乱，但随后你或许会跟它握手言和。

您的忠诚的

康斯坦丁·康斯坦提乌斯

图书在版编目（CIP）数据

重复 /（丹）索伦 · 克尔凯郭尔著 ；王柏华译 . -- 北京 ：外语教学与研究出版社，2020.9
ISBN 978-7-5213-2047-3

Ⅰ . ①重… Ⅱ . ①索… ②王… Ⅲ . ①克尔凯郭尔（Kierkegaard, Soeren 1813–1855）– 哲学思想 – 文集 Ⅳ . ①B534–53

中国版本图书馆 CIP 数据核字（2020）第 165191 号

出 版 人　徐建忠
策 划 人　方雨辰
项目统筹　张　颖
特约编辑　简　雅　王文洁
责任编辑　徐晓雨
责任校对　黄雅思
装帧设计　方　为
出版发行　外语教学与研究出版社
社　　址　北京市西三环北路 19 号（100089）
网　　址　http://www.fltrp.com
印　　刷　山东临沂新华印刷物流集团有限责任公司
开　　本　787×1092　1/32
印　　张　5.25
版　　次　2020 年 10 月第 1 版 2020 年 10 月第 1 次印刷
书　　号　ISBN 978-7-5213-2047-3
定　　价　42.00 元

购书咨询：（010）88819926　电子邮箱：club@fltrp.com
外研书店：https://waiyants.tmall.com
凡印刷、装订质量问题，请联系我社印制部
联系电话：（010）61207896　电子邮箱：zhijian@fltrp.com
凡侵权、盗版书籍线索，请联系我社法律事务部
举报电话：（010）88817519　电子邮箱：banquan@fltrp.com
物料号：320470001